放課後はケンカ最強の
ギャルに連れこまれる生活
彼女たちに好かれて、僕も最強に!?

CHARACTER
サンキュな、史季。
あたしの後輩守ってくれて、感謝してるぜ。
……よくよく考えたら、
今の僕って本当に贅沢がすぎてないッ!?
テストの点数ですか？　調子が良ければ
二桁を超えることがあります！
折節史季
ORIFUSHI SHIKI
学力が高いものの、入試で失敗して不良高校に通うことになった2年生男子。ケンカが弱いのに人を庇う癖がある。
春乃を助けたことで、夏凜に目をつけられ、放課後ケンカを教わり、素質が開花する!?
逆に史季は女子たちに勉強を教えることに。
小日向夏凜
KOHINATA KARIN
美少女ながら、聖ルキマンツ学園最強の2年生。
弱きを助け強きを挫くことで知られ、「女帝」として尊敬されている。
パインシガレットを好んだり、お化けに怯えたり、可愛い一面も多い。成績が悪い。

んじゃ、
弾切れするまで撃ちまくるから
頑張ってよけろよ。
うふふ、もしかしてこういうの初めて?
かわいいわね〜。

月池千秋
TSUKIIKE CHIAKI

小日向派と言われている2年生女子。小柄な見た目やロリボイスとは裏腹に、とても好戦的。

バトン型スタンガンや、改造エアガンをスカートの下に隠していて、スリットから取り出して戦う。

やはり学校の成績は悪い。

桃園春乃
MOMOZONO HARUNO

夏凛に憧れている1年生。

両親は医者で、育ちは良さそうに見えるが、成績は非常に悪い。清楚に見えて、エッチなことにも興味津々。

ゆえに得意科目は保健体育。

氷山冬華
HIYAMA TOKA

小日向派の1人。2年生女子。

学内外で多数の彼氏・彼女がおり、性別問わずで風紀をかき乱す問題児。露出も高く、史季にもアプローチをかける。

柔らかい物腰と雰囲気だが、元柔道部でケンカの強さは本物。二重の意味で寝技が得意。

こちらも成績は悪い。

特訓中に、ハプニングで……

清楚に見えて、実は……!?

「立たないなら蹴らせてもらうよ。
僕と同じところを」

絶体絶命の決戦――！

KEYWORD

聖《セント》ルキマンツ学園

偏差値が非常に低く、治安の悪さで有名な不良高校。

素行の悪い生徒たちが数多く在籍し、派閥も作られており、現在のところ、３人だけの小日向派が学園のトップ。

窓ガラスが不良がマジ蹴りしても割れない強度だったり、どれだけ悪戯されても修復する創設者銅像がある。

小日向流古式戦闘術

夏凛の実家の道場が教えている古武術。夏凛はこのうち、鉄扇を使った「扇術」が天才的に長けており、これに独自のケンカ殺法を組み合わせて最強を誇っている。

荒井派

聖ルキマンツ学園の四大派閥の一つ。３年生の荒井亮吾をトップとして人数は５０人以上と多数。

トップの荒井は一度夏凛に敗北しており、昔よりも大人しくなったそうだが、見えないところで、いじめや犯罪行為を繰り返している悪質な不良勢力。

予備品室

体育や運動部の備品を管理している部屋。正式な体育倉庫が、不良たちによって荒らされるため作られた部屋で、電子ロックによって閉ざされている部屋。

いじめられている史季は、教職員の温情で掃除を条件に入室を許可され、隠れ家として使用。放課後、主に夏凛たちとはここで過ごしている。

放課後はケンカ最強のギャルに連れこまれる生活

彼女たちに好かれて、僕も最強に!?

亜逸

ファンタジア文庫

3301

口絵・本文イラスト　ｋａｋａｏ

CONTENTS

プロローグ

折節史季《おりふししき》がいじめに遭うようになったのは、高校に上がってからのことだった。

もっとも彼自身、特段いじめに遭うようなタイプではなく、事実、中学まではいじめとは無縁の生活を送っていた。

身長は同年代の平均よりもわずかに低い程度で、運動神経もそこそこに良い《い》。

頭の良さは、通っていた中学校では上の下程度の成績で突出しているわけではない。

性格もそこそこに人当たりが良く、そこそこに正義感があって、そこそこ以上にお人好《ひとよ》しなため、他人に疎《うと》まれることもそうそうない。

その史季が、なぜ高校に上がった途端にいじめに遭ってしまったのか……その理由は至って単純だった。

様々な不幸が重なった結果、史季が通う羽目になった高校――聖《セント》ルキマンツ学園は、その名に似合わず治安の悪さで有名な不良校であり、今の史季は、不良という名の肉食動物の檻《おり》に放り込まれた草食動物そのものだった。

「はぁ……はぁ……はぁ……」

二限目前の休み時間、史季は息を切らせながらも階段を駆け下りていく。

自分をいじめる不良グループに、校舎一階にある自販機コーナーで飲み物を買ってこいと命じられたのだ。

それも、一〇〇秒というタイムリミットのおまけ付きで。

一年生の時は四階だった教室が、二年生になった今では三階になり、そのおかげで多少はマシになったと言いたいところだが、その分タイムリミットが三〇秒も短くなったり、パシらされる回数が増えたりと、史季にかかる負担は実質倍増していた。

学年が上がってまだ半月も経《た》っていないことを鑑《かんが》みると、これから先どこまで扱いがひどくなるかなんて考えたくもなかった。

階段を下りきって自販機コーナーに辿《たど》り着くも、運が悪いことに、目当ての自販機に生徒の一人がジュースを買いに来ていたため待たされることに。

その生徒がジュースを買って立ち去ったところで、史季は即座に自販機にお金を投入する。

不良グループのリーダー格である川藤《かわとう》のウーロン茶は最初に購入し、続けて取り巻き二人の麦茶とオレンジジュースを購入する。

ふんだくるようにお釣りを回収し、缶を両手で抱えると、振り返りながらも全力で駆け出そうとした、その時だった。

「うわぁッ⁉」

いつの間にやら背後に並んでいた赤毛の女子生徒にぶつかりそうになり、二重の意味で青ざめながらも強引にかわそうとして――派手にすっ転び、両手に抱えていた缶も派手に宙を舞ってしまう。

数瞬後に缶が床に落ちる未来を幻視した史季は、飲み物を自腹で買い直させられた上にペナルティという名の暴行を受ける未来をも幻視し、暗澹《あんたん》とした気分になる。

だが、

「おっとっと……」

女子生徒がその手に持っていた鉄扇で、三つの缶を全てキャッチしたことに、史季は思わず目を見開いてしまう。

なぜなら一口にキャッチしたとはいっても、そのやり方が閉じた状態の鉄扇の上に三つの缶を縦に重ねるという、大道芸人も真っ青の神業だったからだ。

さらに言えば、先程はタイミング的に絶対に女子生徒とぶつかると思っていたのに、彼女の反応と身のこなしの早さが尋常ではなかったおかげで、ぶつからずに済んだ。

そんな諸々《もろもろ》の出来事をいまだ上手《うま》く呑《の》み込めないでいる史季は、仰臥《ぎょうが》したままポカンと女子生徒を見上げる。

女子生徒は、端的に言えばヤンキーだった。

情熱的なまでの赤に染め上げた髪はゴールデンポニーテールでまとめており、口には白い棒――さすがに煙草《たばこ》ではないと思いたい――を咥《くわ》えていた。

この手の人種がまともに制服を着ているわけがなく、校則なんて存在していることすら知らないと言わんばかりに着崩している。

特にスカートの短さはひどく、靴下もプチルーズソックスを履いているため、健康的な白さの太股《ふともも》とふくらはぎが、これでもかと露《あら》わになっていた。

そのため、仰臥している史季は二重の意味で目のやり場に困ってしまう。

ヤンキーという一点を抜きにして見れば、掛け値なしに美少女な分、余計に。

そんな女子生徒の名は、小日向夏凛《こひなたかりん》。

入学からわずか半年で、不良校で知られる聖ルキマンツ学園の猛者《もさ》どもをシメ上げ、名実ともに学園の頭《トップ》となった、史季と同学年のヤンキー少女。

そうしてついた渾名《あだな》が、

「じょ、〝女帝《じょてい》〟……」

思わず口から出た言葉に、夏凛《かりん》はツリ目がちの双眸《そうぼう》をジットリと据わらせながら、心底嫌そうに言う。

「そのダッサい渾名で呼ぶなっつーの。つーか、早くこれ受け取れっての」

言いながら、夏凛は三つの缶の乗った鉄扇を両手で持ち直す。

なまじ重量が一点に集中しているからか、持ち直してなお夏凛の両手は微妙にプルプル震えていた。

夏凛の鉄扇が、扇部分も鉄でできている所謂《いわゆる》総鉄扇なので、なおさら重たそうにしていた。

学園の頭だからといって、腕力がゴリラというわけではないことに意味もなく安堵《あんど》しながらも、史季は慌てて立ち上がって三つの缶を受け取ると、

「えっと……その……ごめんなさい！」

缶を抱えて深々と頭を下げてから、脱兎《だっと》の如《ごと》く夏凛の前から逃げ去っていった。

褒められた態度ではないことくらい重々承知しているが、それでも、一秒でも早く〝女帝〟から離れたいという気持ちには抗《あらが》えなかった。

ある意味では学園一の有名人というだけあって、夏凛が弱い者いじめをするような人間

でないことはおろか、弱きを助け強きを挫《くじ》くタイプの人間であることは、史季も知っている。

当の本人は「ただ気に入らねー奴《やつ》をシメてるだけだっつーの」と言っているが、その気に入らねー奴の多くが、弱きを挫き強きを崇《あが》める不良どもだったため、必然的にそういう目で見られていることも知っている。

そうやって彼女が不良どもをシメていった結果、不良校として有名だったこの学園の治安が多少はマシになったことも、それゆえに学園内において彼女がかなりの人気を誇っていることも知っている。

だが――

それらを差し引いても、現在進行形で不良の脅威にさらされている史季にとって、小《こ》日向《ひなた》夏凜という少女は畏怖の対象でしかなかった。

史季をいじめる川藤は、史季をボコボコにできる程度には強い。

その川藤も、先輩の不良が相手だとボコボコにされるという話だ。

そして夏凜は、その先輩の不良をボコボコにできるほどに強い。

自分をボコボコにできる相手をボコボコにできる相手をボコボコにできる、ボコボコがゲシュタルト崩壊しそうなほどにケンカが強い〝女帝〟を前にして平静でいられるほど、史季の神経は太くできていなかった。

そんな内心のビビりっぷりを表すように、階段に辿り着《つ》くや否《いな》や五段飛ばしで駆け上がっていく史季の背中を、

「ふ～ん……？」

夏凜はなぜか、少しだけ眉根を寄せながら見送った。

第一章　女帝

夏凛の前から逃げ出し、あっという間に階段を上り切った史季は、三階にある二年二組の教室を目指す。

そこが史季のクラスであると同時に、自分をいじめる不良グループが待ち受ける地獄でもあった。

教室に辿り着き、窓際《まどぎわ》後方の席に屯《たむろ》している三人の不良のもとへ向かうと、買ってきた缶飲料をおそるおそる机の上に並べていく。

その様子を睨《にら》むような視線で眺めている、ふんぞり返るようにして椅子に座っている汚い金髪の不良――川藤は、露骨に不機嫌な調子で言った。

「まさか、タイムリミットの倍以上待たされるとはな。折節の分際でナメた真似《まね》してくれるじゃねえか」

「ご……ごめん……」

と、謝る史季の声を、

「あ〜らら、川藤を怒らせちゃったね〜折節く〜ん」

「こりゃ腹パンか？　腹パンだよなぁ？」

取り巻きの二人が、わざとらしくも茶化すような物言いで遮る。

「あぁ？　遅れてきたくせに詫《わ》びもなしかよ？」

ガタッと、これ見よがしに音を立てながら川藤が立ち上がり、史季はビクッと震えた。

一〇センチ近い身長差から睨んでくる彼の視線が、ただただ恐《こわ》い。

「いや……謝ったけど二人の声が――」

「おいおい、俺たちのせいかよ？」

「ひっでぇな、折節くんよぉ」

「やっ……違――」

「もういい」

川藤の一言に、史季はおろか取り巻きの二人も黙り込む。

「遅れてきた上に、詫びの一つも入れられやしねえ。となると、今回のペナルティは二発ってことになるよなあ？」

「そ、そん――ぶふっ⁉」

聞く耳は持たないとばかりに繰り出されたボディブローが史季の腹に突き刺さり、口に出そうとしていた抗議の言葉が、珍妙な吐息に変わる。

「おら、もう一発だ！」

宣言どおりに繰り出された二発目のボディブローが、再び土手っ腹に突き刺さる。

当然と言うべきか、不良校ゆえにクラスメイトも不良ばかりなので、この程度のことで止めに入る人間など一人もいない。

少なからずいる不良ではない生徒も、下手に関わると自分がターゲットにされる恐れがあるため、いじめられている史季に視線すら向けることはなかった。

今すぐこの場で腹を抱えて蹲《うずくま》りたいところだけれど、大仰に痛がるとますます川藤の不興を買い、さらなるペナルティを課せられるかもしれないので無理矢理にでも堪《こら》える。

「お～お～、タフだね～折節く～ん」

「ちげぇよ。川藤の力加減が絶妙なんだよ。なぁ？」

取り巻きに同意を求められた川藤は、ドヤ顔を浮かべながらも頷《うなず》く。

「そういうこった。下手に痛めつけすぎて、〝女帝〟に目をつけられたら面倒だからな」

そりゃちげぇねぇ――とか言いながら、川藤たちは楽しげに笑う。

殴られた腹部が痛む史季からしたら、いったい何がそんなに面白いのか毛ほども理解できなかった。

川藤はウーロン茶の缶の蓋を開け、一口呷《あお》ってから今さらすぎる質問を投げかけてくる。

「で、なんで遅くなった？」

「その……今川藤くんが言った〝女帝〟とぶつかりそうになって……」

それを聞いた瞬間、取り巻きの二人は揃《そろ》って情けない声を上げる。

「ちょっと待てよ……まさか〝女帝〟に、俺たちにいじめられてるとか何とか告げ口《チクっ》したんじゃねえだろな？」

「おいおいおい！　やべぇじゃねぇか、それ！」

「落ち着け、お前ら」

川藤の言葉に、取り巻きの二人は揃って口を閉じる。

「考えてもみろよ。折節のヘタレが〝女帝〟とまともに話なんてできると思うか？　それに、俺たちがこいつにやらせてんのはただのパシリだ。それくらい、この学校じゃ珍しくも何ともねえだろ」

「そ、そうだよな……」

「た、確かに川藤の言うとおり、ビビるような話じゃねぇよな」

川藤の言葉に、取り巻きの二人は揃って安堵する。

〝女帝〟こと小日向夏凛が、弱きを助け強きを挫く所謂《いわゆる》ヒーロー気質の人間であることは周知の事実であり、史季をいじめる川藤と取り巻きの二人は、まず間違いなく彼女の言う

「気に入らねー奴」にカテゴライズされる。

　取り巻きの二人が安堵したのも、三回連続でリアクションが揃ってしまったのも、その自覚があったがゆえのことだった。

　そうこうしている内に、休み時間の終了を告げるチャイムが鳴り、川藤は舌打ちを漏らしてから犬でも追い払うような手つきで、史季に「さっさと失《う》せろ」と命じてくる。

　不良のくせに一応ながらも授業をちゃんと受けているのは、やはり〝女帝〟の影響が大きいためであることはさておき。

　史季は地獄から解放されたことに安堵しながらも、自分の席に戻った。

　川藤たちのいじめが授業中にまで及ばないのも。

　川藤たちに暴力を振るわれた場合においても、顔は目立つからという理由で一応は手加減されたボディブロー程度で済んでいるのも。

　ひとえに小日向夏凛が学園の頭《トップ》を張ってくれているおかげだということは、史季も理解している。

　そういった意味では、多少なりとも夏凛に感謝しなければならないのかもしれない。

　けれど、どうしても、不良校として名高いこの学園で頭を張れるほどにケンカが強い彼女に対しては、感謝よりも畏怖が先に立ってしまう。

その畏怖のせいで、川藤の取り巻きたちが言っていたように、夏凛《かりん》に助けを求めることすらできないでいる。

そこまで夏凛にビビっているくせに、心のどこかで「僕のいじめに他の誰かを巻き込みたくない」とか「それが女の子なら、なおさらだ」とか思っているものだから、我ながら度《ど》し難《がた》い性分をしていると思わずにはいられなかった。

(でも、仕方ないじゃないか。それが僕なんだから……)

開き直ったように、心の中で独りごちる。

史季がこの聖ルキマンツ学園に入学する羽目になってしまったのも、川藤たちに目をつけられるようになってしまったのも、元を正せばこの性分が原因だった。

第一志望だった公立高校の入試の日、史季は時間的に余裕を持って家を出たにもかかわらず、道中歩道橋の階段が上れずに困っているお婆《ばあ》さんを見かけては助け、迷子の子供を見かけては一緒に親を捜し、大幅に遅刻してしまったせいで一部の科目の試験を受けることができず、落ちてしまった。

第二、第三志望の私立高校の入試の日も、同じような理由で遅刻してしまい、例によって一部の科目の試験を受けることができず、落ちてしまった。

最後の滑り止めとして受けた聖ルキマンツ学園の入試の日だけは、なぜか困っている人を見かけなかったおかげで試験を受けることができ、不幸にも聖ルキマンツ学園への入学を果たしてしまった。

とはいえ、ただ学園に入学しただけならば、川藤たちにいじめられることはなかっただろう。

入学してすぐ、川藤と取り巻きの二人が同じクラスの生徒をいじめている場面に偶然出くわした史季は、心の内にあったそこそこの正義感がつい顔を出してしまい、自分がこの学園において草食動物にすぎないことも忘れて、いじめられていた生徒を庇《かば》ってしまった。

そのせいで不興を買ってしまい、それ以降史季はずっと川藤たちの玩具《おもちゃ》にされる羽目になってしまった。

おまけに、庇った生徒は学園の治安の悪さに恐れをなして転校したものだから、なおさら救われない思いだった。史季自身、親に心配をかけたくない手前、転校という選択肢を除外しているから、なおさらに。

まだ夏凛が〝女帝〟とは呼ばれていない頃、彼女は、不良どもが弱い者いじめをしている現場を見かけてはシメまわっていた。

〝女帝〟という脅威を正しく理解していた川藤たちは夏凛の目につかないよう、史季に対して、大怪我《おおけが》を負わせるほどの暴力、私物の破壊や故意の紛失、恐喝などといった、いじめをエスカレートさせるような真似は決してしなかった。

代わりに、いじめのやり口は日を追うごとに陰湿に進化していき、不良同士の上下関係からくる、縦の付き合いの体《てい》を崩すような真似も決してなかった。

学年が上がり、クラスが変わればこの地獄から抜け出せると思っていたが、最悪なことに、二年になっても川藤はおろか取り巻きの二人とも同じクラスになってしまった。

(まさか、三年になってもまた川藤くんたちと同じクラスなんてことはない……よね？)

ついうっかり思い浮かべてしまった最悪の自問を振り払うように、史季は小さくかぶりを振る。さすがにその未来は、想像もしたくない。

そうこうしている内に教師がやってきて、二限目の授業が始まる。

正直授業なんて特段好きではないけれど、川藤たちの存在を気にしなくて済むので、この五〇分間は史季にとって憩い以外の何ものでもなかった。

それから休み時間ごとにパシリやら、遊びと称した暴力やらを受けながらも、どうにかこうにか終礼のホームルームを迎える。

川藤たちは学園内に存在する不良どもの派閥に所属しており、昼休みや放課後はそちらに顔を出さなければいけないらしく、ここまで来ればもう地獄からの解放は約束されていた。

とはいえ、下手に学園に居残ったり、寄り道をしたりして、派閥への顔出しから解放された川藤たちと出くわしたら事なので、史季はホームルームが終わり次第すぐに帰路についた。

今日も一日なんとか乗り切れた――そのことに、心の底から安堵《あんど》しながら。

史季は一人暮らしがしてみたいという欲求から、高校受験の際は全て実家から遠く離れた高校を選んだ。

最後の滑り止めとして聖ルキマンツ学園を選んだのは、嘘《うそ》か実《まこと》か願書さえ出せば入試を受けなくても入学できるという噂《うわさ》を聞き、全ての志望校に落ちるという最悪の事態に備えた結果だったことはさておき。

史季の下宿先は、どこにでもあるようなワンルームマンションだった。

お世辞にも広いとは言えないが、実家の自室よりも自分の城という感じが強いおかげで、一年以上経《た》った今でもそれなり以上に気に入っている。

その自分の城を、史季は軽い足取りで後にする。

制服姿ではなく、パーカーにジーンズという私服姿で。

然《そ》う。本日は日曜日。だから外に出る時間が一時を過ぎていても問題ないし、川藤た

ちのことを気にする必要もない。

いじめのせいで友達なんて一人もつくれていないが、その原因となる川藤たちと会わず

に済む休日は、史季にとっては紛《まが》うことなく天国だった。

繁華街へ向かい、その場のノリで昼食を決め、お腹《なか》を満たしてから、予約していたゲー

ムソフトを買いに行くという流れに決めた史季は、軽い足取りをそのままに町を行く。

繁華街に辿《たど》り着《つ》き、大通りを歩いていると、以前から気になっていたラーメン屋の行列

がいつもよりも格段に短い様子を見て、今日の昼食はここで食べることに決めるも、

「あ、あれは……⁉」

道行く先に、川藤と取り巻きの姿が見えた瞬間、史季はナイフを喉元に突きつけられる

ような恐怖に襲われ、その場で硬直してしまう。が、このまま固まっていては川藤たちに

捕捉されてしまうので、できる限り平静を装《よそお》いながらも早足で路地に逃げ込んだ。

どうか向こうは気づいていませんようにと祈りながら路地の奥へと進み、こういう状況

に備えて着てきたパーカーのフードを目深《まぶか》に被《かぶ》る。

進んだ先にあった十字路を右に曲がり、建物の陰に身を隠しながらも川藤たちがこちら

に来ていないことを確認したところで、深々と息をついた。

同じ町に住んでいる以上、休日に川藤たちを見かけるのはこれが初めてではないが、だからといって慣れるはずもなく、稀《まれ》に彼らを見かけては今のように寿命が縮まる思いをしていた。

遠出して別の町に行くという手もあるが、そのための足が史季にはなく、電車を使うにしてもお金がかかる以上毎回というわけにはいかない。

川藤たちを恐れて、休日をマンションの自室で一人寂しく過ごすのも、それはそれで気が滅入《めい》ってしまう。

どのみち彼らと出くわす確率なんて両手の指の数よりも低いのだから、気にしすぎても仕方がないと思い、外出しているわけだが……こうして実際に出くわしてしまうと、今日という幸せな一日を台無しにされてしまった気がして陰鬱になる。

そのストレスのせいか、胃が疼痛《とうつう》を訴えてきているような気がする。

当然食欲は綺麗《きれい》さっぱり消え失せており、ラーメンなんてとてもじゃないが食べられる気がしなかった。

下手に動いて鉢合わせになってしまったらそれこそ最悪なので、史季は今しばらくの間は十字路に留まることにする。

ここなら、仮に川藤たちが路地に入ってきても、いくらでも逃げ道がある。それゆえの判断だった。

しばし周囲の警戒をしていると、史季が路地に入ってきた方角から川藤の取り巻きたちがやってくるのが見え、慌てて建物の陰に隠れる。

取り巻きたちに続いて川藤も路地に入ってくるのが見えた瞬間、史季はすぐさまその場から逃げ出そうとするも、川藤に手を引かれ、無理矢理路地に連れ込まれている女子の姿を見て、思わず踏《ふ》み止《とど》まった。

濡《ぬ》れ羽のように黒い髪は腰に届くほどにまで長く、顔立ちは遠目から見てもわかるほどに整っている、美少女というよりも美人という印象を強く受ける女子だった。

川藤との身長差から察するに、背丈は史季よりも少し低い程度——成人女性の平均よりはやや高い一六〇半ばほどもあり、顔立ちと相まって、雑誌のモデルだと言われたら多くの人間がそのまま鵜呑《うの》みにすることだろう。

髪と同色のキャミソールワンピースに白いシャツと、品の良さが滲《にじ》み出《で》た服装をしている一方で、その下にあってなお自己主張の強い胸は、川藤のような輩《やから》どもに下品な妄想を駆り立てさせるには充分すぎる大きさだった。

年齢の方は、パッと見は女子大生くらいに見えるが、

「や、やめてください……！」

時折聞こえてくる抗議の声が、紛うことなく少女のそれだったので、同い年くらいか、下手をすると年下かもしれないと史季は思う。

（というか、これってさすがにまずいんじゃ⁉）

あくまでも噂で聞いた程度の話だが、〝女帝〟が頭《トップ》を張る現在においても、聖ルキマンツ学園の不良どもの中には不純異性交遊に走る輩が少なくないとのことだった。

今の川藤たちは、〝女帝〟の目を気にする必要がない。

ナンパと呼ぶには強引すぎるやり口や、人気の少ない路地裏に連れ込もうとしていることも含めて、どうしても最低最悪の想像が脳裏をよぎってしまう。

（でも……僕にいったい何ができるっていうんだ……）

自分は川藤たちにいじめられている、ただの弱者に過ぎない。

そんな自分が助けに入ったところで、返り討ちに遭うだけなのは目に見えているし、川藤たちの不興を買うことも目に見えている。

おまけに〝女帝〟の目を気にする必要がない状況だから、どれだけひどい目に遭わされるのかわかったものではない。

ここは今すぐ路地を離れて、助けを呼ぶのが正解だ。

（だけど……）

助けを呼んでいる間に、川藤たちが黒髪の女の子をどこかに連れ去ってしまったら？

そのせいで、女の子の尊厳が踏みにじられるようなことになってしまったら？

心にも体にも一生消えない傷をつけられてしまったら？

次々と湧いて出てくる最低最悪の想像が両脚をその場に縫い止め、川藤たちに立ち向かうことも、川藤たちから逃げることもできなくなってしまう。

そうこうしている間にも、川藤は力尽くで女の子の手を引き、取り巻きの二人とともにこちらに近づいてくる。

女の子を助けてあげたいという思いと、川藤たちが恐《こわ》いという思いが、史季の中でせめぎ合う。

（ここは今すぐ逃げて、助けを呼ぶのが絶対に正解なんだ！　それが僕にできる精いっぱいなんだ！　間に合わなかったとしても、それは仕方のないことなんだ！）

そう自分に言い聞かせる一方で、

（……でも、もし女の子が、僕が川藤くんたちにやられてることよりも、もっとひどい目に遭ってしまったら……）

たぶん、一生後悔することになると思う。

女の子を逃がしたことで激昂《げきこう》した川藤たちに、ひどい目に遭わされることよりも余程重

ぐぐぐっ

い後悔を。

そこに思い至った瞬間。

史季の内にある、そこそこの正義感と、そこそこ以上にお人好《ひとよ》しな性分が、川藤たちに対する恐怖を、ほんのわずかに上回った。

「おぉおぉおぉおぉおぉおぉおぉッ!!」

気がつけば、雄叫《おたけ》びを上げて川藤たちに突進していた。

ビビった取り巻きの二人が都合よく左右に逃げてくれたので、勢いをそのままに川藤に体当たりをぶちかます。

不意をつけたからか、上背のある川藤が派手に地面を転がるも、彼に腕を摑《つか》まれていた女の子も一緒に地面を転げてしまう。が、その拍子に川藤の手が女の子から離れたので、史季は彼女に謝るよりも先にこの言葉を投げかけた。

「逃げてッ!!」

女の子はビクリと震え、オロオロし始めるも、

「早くッ!!」

もう一度叫んだところで、「ご、ごめんなさい！」と返しながらも、すぐさま起き上がって大通りの方へと逃げていった。

「待ちやがれッ‼」

川藤が怒声じみた声を上げながら立ち上がろうとしていたので、史季は慌ててしがみついて再び引き倒す。

決して広いとは言えない路地で史季と川藤が揉《も》みくちゃになっているせいで、取り巻きの二人も女の子を追えないでいた。

「邪魔だ、クソがッ‼」

振り払うようにして放った川藤の肘打ちが鼻っ柱に直撃し、史季は鼻血を舞い散らせながら仰臥《ぎょうが》する。

「折角上手《うま》くいきそうだったたってのに、邪魔しやがってッ‼　覚悟はできてるんだろうなあッ⁉　あぁッ⁉」

凄《すご》みながら立ち上がる川藤をよそに、取り巻きの一人が史季を見て片眉を上げた。

「おいおい！　フード被ってたからわかんなかったけど、こいつ折節じゃねぇか！」

「はぁッ⁉」

川藤はますますブチギレた声を上げながらも、涙目になって鼻を押さえている史季の手を力尽くでどかし、襟首を摑んで強引に立ち上がらせる。

そして史季の顔を間近でマジマジと睨《にら》みつけ……ようやく気づく。

「マジで折節じゃねえかッ‼」

突き飛ばされ、再び地面に仰臥する。

鼻にツンとくる痛みと血臭のせいか、起き上がる気力すら湧いてこなかった。

だけど、女の子を逃がすことはできた。思うことにした。

それだけで充分だと思った。

でないと、これから自分の身に降りかかる災厄に立ち向かえる気がしなかったから。

「こいつは落とし前をつけてやらねえとな。……もう少し行ったところに駐車場があったはずだ。この愚図、そこに連れてくぞ」

取り巻きの二人は揃《そろ》って首肯を返すと、二人がかりで史季を立ち上がらせて歩き出す。

二人に続く形で、川藤も唾を吐き捨ててから歩き出した。

史季を連れ去っていく三人の背中を、

「先輩……早く出てぇ……」

大通りに逃げたはずの女の子が、建物の陰からこっそりと見張っていた。

〝先輩〟なる人物に電話をかけているのか、スマホを耳にあてながら。

　人気のない駐車場に連れて来られた史季は、

「折節の分際で舐《な》めた真似《まね》してくれたなぁ、おい！」

「おぶッ!?」

　川藤に腹を蹴られ、たたらを踏みながらも後ずさる。

　普段ならそこで終わるところだが、

「おらッ！」

〝女帝〟の目がないのを良《い》いことに、傷が目立つからという理由で今までは狙わなかった史季の顔面に拳を叩《たた》き込んだ。

「……ッ」

　慣れない痛みに顔をしかめながら、史季はなおも後ずさる。

　というか、下手に抵抗したり防御しようものなら、余計に川藤の不興を買ってしまうので、殴られ蹴られながらも後ずさる以外にできることはなかった。

「あぁ？　何痛そうにしてんだよ？　こっちはてめえにブチかまされたせいで、肋骨《ろっこつ》が折れちまってるっていうのによぉ！」

「よぉ！」に合わせてパンチが繰り出され、史季は頬を襲った痛みに耐えながらも後ずさる。

川藤の言う「ブチかまされた」とは、史季が黒髪の女の子を逃がすために仕掛けた体当たりのことを指した言葉だった。

言うまでもないが、肋骨云々《うんぬん》は真っ赤な嘘《うそ》で、ただ史季をいつも以上に痛めつけるための口実にすぎなかった。

「にしても、ほんとにタフだね～折節く～ん」

「いや、タフなのはいいんだけどよぉ、あんま顔面やりすぎると、明日学校《ガッコ》で〝女帝〟に折節のツラ見られたら面倒なことにならねぇか？」

学園外だからか、煙草《たばこ》を吸いながら見物している取り巻きたちの言葉に、川藤は鼻を鳴らす。

「面倒なことになんてならねぇよ。何せ今日は俺たち、折節とは会ってねぇんだからな」

ピンときた取り巻きは、ゲラゲラと笑い出す。

「つまりこうか？　折節くんは不幸にも町でどこぞの不良に絡《から》まれてしまい、ボッコボコにされてしまいました。だから俺たちは関係ありませーんって寸法か？」

「そういうことだ」

川藤は応じながらも、これみよがしに肩を回し始める。

そうして繰り出したのが、相手が反撃も回避もしないことを前提にした豪快な右フック。

左頬を殴られた史季の体が右に流れ、

「おぉおらッ‼」

続けて繰り出した左フックが右頬に突き刺さり、史季の体が左に流れる。

川藤はさらに交互にフックを繰り出し、殴られる度に史季の体がメトロノームのように右に左に流れていく。

何度も頬を殴られたことで、口の中が鉄の味に充《み》ち満ちていく。

ここまでくると、歯がいまだ一本たりとも折れていないのが奇跡なくらいだった。

(早く終わってください早く終わってください早く終わってください……)

ただそれだけを願いながら、殴られ続ける。

できる限り現実に意識がいかないよう、殴られ続ける。

現実から逃避することで、両頬を襲う痛みからも逃避する。

僕のような弱い人間は、暴力に対してまともに立ち向かったら立ち向かえない。

だから逃避する。

早く終わることをただただ願いながら、逃避する。

やがて、フックの回数が二〇に届こうとしたところで、川藤の動きが止まる。

「クソ……が……なんでまだ……立ってられんだよ……こいつ……」

肩で息をしながら、忌々《いまいま》しげに吐き捨てる。

それは現実から逃避してるから——と答えてやりたいところだけど、そんなことを言ったところで余計な不興を買ってしまうだけ。

そもそも今下手に口を動かそうものなら、それだけで頬や口腔《こうこう》に痛みが走るのは目に見えている。

だから、何も言わずに現実からの逃避を続け——

「…………え」

不意に視界に映った、川藤の後方にいる彼女を見て、史季の意識は強制的に現実に引き戻されてしまう。

彼女の存在に気づいたのは自分だけではないらしく、取り巻きの二人は揃って咥《くわ》えていた煙草を落とし、彼女を見つめた。

史季たちの様子を見て、背後に誰かがいることを悟った川藤は、「あぁ？」と無駄に凄みながらも振り返り——石像にでもなったかのように硬直する。

なぜなら川藤の背後にいた彼女は、

「じょ……〝女帝〟……」

いつしかの史季と同じような反応を示す川藤に、〝女帝〟こと小日向夏凛《こひなたかりん》は心底嫌そうに表情を歪《ゆが》めた。

「だからなんで、どいつもこいつもその渾名《あだな》で呼ぶんだよ」

夏凛はTシャツの上に羽織ったスカジャンのポケットに両手を突っ込みながら歩き、無造作に川藤の横を抜け、史季の前で立ち止まる。

口に咥えている白い棒に、ミニスカートとプチルーズソックスという組み合わせは制服を着ている時と同じだな——と、史季は頭の片隅で場違いな感想を抱いていた。

「……ん？」

誰も彼もが動けない中、夏凛は眉根を寄せながらも史季の顔を覗《のぞ》き込み、

「って、あの時のパシリくんじゃん！」

素っ頓狂な声を上げながら、バシバシと史季の肩を叩いた。

「あたしにはあんだけビビり倒してたってのに根性あるじゃねーか。正直見直したぜ」

正直今もビビり倒してます——とは、さすがに口には出さず、彼女がいったい何に対して「根性ある」と言ったのか訊《たず》ねようとするも、

「い……ッ!?」

何十回と川藤に殴られてズタズタになった口腔が痛みを訴えてきたため、ろくに言葉を発することができなかった。

「あー、今は無理に喋《しゃべ》んなくていいって。追い追い説明するから」

言ってから、川藤に睨むような視線を向ける。

自分よりも一五センチ以上背が低い夏凛を前に、川藤はビクリと震え上がった。

それこそまるで、川藤に睨まれた時の史季のように。

「おまえ、荒井《あらい》ん派閥《とこ》で見た顔だな」

またしてもビクリと震え上がる川藤をよそに、夏凛は取り巻きの二人に視線を巡らせる。

「つーことは、そこの二人も同じってわけか」

言われて、二人揃ってビクリと震える。

三人のビビりようを目の当《ま》たり《あ》にして、史季は改めて思う。

史季にとって何よりも恐《こわ》い川藤たちをここまでビビらせる彼女のことを、どうしても恐いと思ってしまう自分がいることを。

「このパシリくんさ、どう見たって不良って感じじゃねーよな？　だからあの時怪しいなーって思ってたけど……やっぱそういうことだったってわけか」

〝あの時〟とは、先日パシらされた際に、彼女とぶつかりそうになった時のことを指しているのだろうと史季は思う。

「……そういうことって、どういうことだよ？」

絞り出すような声で訊ねる川藤に、夏凛は凄《すご》みを帯びた声音で答えた。

「おまえらが、あたしに隠れて弱い者いじめなんて、くっだんねー真似してるってことだよ」

「……してたからって、てめえに何の関係がある？」

「関係はねー。けど気に入らねー。だからぶっ潰す」

「はッ。てめえのやってることも、大概に弱い者いじめじゃねえか」

我が意を得たりとばかりに反論する川藤に、取り巻きの二人が「そうだそうだ」と小声で同調する。

そんな川藤たちを前に、夏凛はため息をつく。

「そう言われると、ちょっと耳がいてーな」

その言葉に、川藤たちは安堵《あんど》しかけるも、

「だったら言い方変えるわ。おまえらが人気のないとこに無理矢理連れ込もうとしてた、キレーな黒髪の女子がいただろ？　あれ、あたしの後輩なんだわ」

次の瞬間、三人揃って色を失った。

「まー、あたしに隠れてコソコソ弱い者いじめしてるようなおまえらが、そこまで大それた真似なんてできやしねーとは思うけど……」

ツリ目がちの双眸《そうぼう》を据わらせながら、言葉をつぐ。

「うちのかわいい後輩に手ぇ出そうとしたことに変わりはねーからな。ちょっとヤキ入れる程度じゃ済まねーぞ」

この場においては誰よりも体が小さい夏凛を前に、史季は勿論《もちろん》、川藤も、取り巻きの二人も気圧《けお》されていた。

「あ……あぁ……ああああぁぁッ‼」

夏凛の〝圧〟に耐えられなかったのか、取り巻きの一人が発狂したような声を上げながら彼女に殴りかかろうとする。

「下がってな」

言いながら、夏凛は史季の体を軽く押す。

その圧力に逆らう気すらなかった史季が、よろめくようにして後ずさっている間に、彼女はどこからともなく取り出した鉄扇を、迫り来る取り巻きに投擲《とうてき》。

閉じた鉄扇の先端が鼻っ柱に直撃し、相手の動きが一瞬止まる。

その時にはもう肉薄していた夏凛は、地面に落ちようとしていた鉄扇をキャッチし、例によってその先端を利用して鳩尾《みぞおち》を突き、取り巻きを一撃で昏倒《こんとう》させた。

「くそぉおぉおおぉおぉッ!!」

相方をやられたからか、取り巻きの片割れが半ば破れかぶれになりながらも、背後から夏凜の後頭部目がけてパンチを繰り出す。が、あたかも後ろに目がついているかのように、彼女はその場で旋転してパンチをかわす。

続けて、旋転の勢いをそのままに新たに取り出した鉄扇を振るい、こめかみを殴打《おうだ》。相方と同じように、取り巻きの片割れも一撃で昏倒させた。

あくまでも史季が小耳に挟んだ程度の情報だが、夏凜は小日向流古式戦闘術なる怪しい古武術に、我流のケンカ殺法を組み合わせることで、聖ルキマンツ学園の猛者《もさ》たちを相手にしてなお無法の強さを誇っているという話だった。

確かに彼女の戦いぶりは、川藤ら不良とは一線を画していると史季は思う。

どうやら川藤は以前にも夏凜のケンカを目の当たりにしたことがあるらしく、挑んだところで勝てないことがわかっているのか、取り巻きの二人がやられてなお動くに動けない様子だった。

そんな川藤に夏凜は堂々と背を向けると、左手の鉄扇をスカジャンのポケットに仕舞い、右手の鉄扇を拡《ひろ》げてパタパタと自身を煽《あお》ぎながら史季に歩み寄る。

「今ここであたしがあいつをシメても、ほとぼりが冷めたらまたあたしの見えないとこで……ってことに、なるかもしんねーからな」

言わんとしていることがわからず困惑する史季を尻目に、夏凜は見もせずに左手の親指で川藤を指し示しながら、とんでもない提案をしてくる。

「だからあの不良《バカ》、あんたが倒しな」

「…………はい？」

史季の口から呆《ほう》けた声が漏れ、光に群がる蛾《が》のように、川藤が夏凜の提案に食いつく。

「折節と一対一《タイマン》ってわけか。なら、てめえは俺に手は出さねえってことでいいんだよな？タイマンの結果に関係なく」

暗にそれが条件だと示す川藤に、夏凜は事もなげに了承する。

「それでかまわねーぜ。但し、おまえが負けたらパシリくんには一切手ぇ出すなよ」

「ああ。いくらでも約束してやるよ。折節が俺に勝てたらなぁ」

「ちょちょちょっとッ！　勝手に話を進め──なぐッ!?」

抗議しようとした史季の口を、夏凜の掌《てのひら》が塞ぐ。

不興を買ったと思い込んだ史季の背筋に悪寒《おかん》が走るも、微《かす》かに残る鉄扇の匂いとは別の、彼女の掌から醸《かも》し出《だ》された甘い香りが、束《つか》の間《ま》〝女帝〟への恐怖を忘れさせる。反論の言葉も、気がつけば嚥下《えんげ》していた。

そんな史季の変化など全く気づいていない夏凜は、ウィンクしながら言う。

「心配すんなって。ちゃんとあのバカに勝てるよう、アドバイスしてやっから」

「あぁッ⁉　アドバイスなんて聞いてねえぞッ⁉」

夏凜は史季の口を塞いでいた掌をどかし、今度は自分の口を覆い隠しながら、これ見よがしに「プ〜クスクス〜」と笑う。

「あれあれ〜？　こわいの〜？　散々いじめてた相手なのに〜？　ちょっとアドバイスするだけなのに〜？」

露骨な嘲笑を前に、川藤は恥辱に耐えるようにプルプルと震え、こめかみに青筋を浮かべながらも吐き捨てる。

「はッ。誰が折節如《ごと》きにビビるかっての。アドバイスでも何でも勝手にしやがれ」

「じゃ、遠慮なく勝手にさせてもらうわ」

言いながら史季の肩に手を回し、史季ともども川藤に背を向ける。

再び甘い香りが鼻腔《びこう》をくすぐったせいもあるが、思った以上に小さい夏凜の顔がすぐ傍《そば》まで来たせいでドギマギしてしまう。

そんな史季の反応を勘違いした夏凜は、唇を尖《とが》らせた。

「自販機の前でぶつかりそうになった時も大概だったけど、いちいちビビられると、さすがにちょっと傷つくんですけどー」

「いや……そういうわけじゃ……ないんですけど……」

なまじ川藤の取り巻きたちを秒殺する様を見せられた手前、〝女帝〟への恐怖がないと言えば嘘《うそ》になる。

けれど今は、小日向夏凛という〝女の子〟との距離があまりにも近い現状に対する、高揚感やら気恥ずかしさやらの方がはるかに強かった。

「つーか、敬語もやめろよな。どうせ、あのバカと同学年《タメ》だろ？　ってことは、あたしともタメってことになるだろ？」

「いや……でも……」

「でももヘチマもねーっての。とにかく、敬語は禁止な。それより……えーと……オリフシって言ったっけ？」

「う、うん……」

「下の名前は？」

「史季……だけど……」

「シキか……オリフシより言いやすいから、そっちで呼ばせてもらうな。代わりにあたしのこと、夏凛《かりん》って呼んでいいから」

「……え？」

「サンキュな、シキ。あたしの後輩守ってくれて。そこはマジで感謝してるぜ」

「あ……うん……」

トントン拍子で距離をつめてくる夏凛に圧倒されている間に、トントン拍子で話が進んでいく。

「で、だ。見たところあのバカ大概に気が短そうだから、無駄話はこれくらいにしてちゃっちゃとアドバイスすんぞ。心の準備はいいな？」

息を吞《の》んで首肯を返す史季に、夏凛は満足げな笑みを浮かべながらも、耳を疑うようなアドバイスを告げた。

「先手必勝！　あのバカの土手っ腹に思いっきり前蹴りをぶちかましてやれ！　それだけで勝てっから！」

思わず「え～～～～～～～」っと言いたげな顔をしていたら、

「『え～～～～～～～』って言いたそうな顔してんな」

カラカラと笑いながら図星を突かれ、史季は反省しながらもどうにかこうにか表情を取り繕った。

「まー、自分で言っといて何だけど、あたしも大概に無茶苦茶なアドバイスだとは思ってんよ？　けど、マジでそれが一番確実に勝てる方法なんだから、しょうがねーだろ」

確信を持った物言いを前に、史季は口ごもってしまう。

あの〝女帝〟が太鼓判を押しているのだ。

川藤の土手っ腹に前蹴りをかませば、本当に勝てるかもしれない。

けれど、だからといって無条件に信じられるほど、史季の心の奥にまで刻みつけられた川藤への恐怖は浅いものではない。

（だけど……）

いくら黒髪の女の子が夏凜の後輩だったとはいえ、自分から助けに入っておきながら荒事の全てを夏凜に押しつけるのは駄目なことだと思う。

だから、

「……わかった。小日向《こひなた》さんに言われたとおりにやってみる」

「だから夏凜でいいって……って、そんなことは今はどうでもいっか」

夏凜は体を離すと、史季の背中をパシーンと叩《はた》いた。

「そんじゃ、一発かましてこい！」

首肯を返し、決然と川藤に向き直る。

「ちょっと〝女帝〟にアドバイスもらっただけで、生意気なツラしやがって。……いいぜ……来いよ……〝女帝〟のアドバイスごとぶっ潰してやる！」

ビキビキとこめかみに青筋を浮かべ、かつてないほどに怒気を露《あら》わにする川藤を前に、史季は思わず夏凛の方を振り返ってしまう。が、その時にはもう彼女は史季の傍から離れており、こちらの心中を察しているのかいないのか笑顔で親指を立てていた。

もしかしたら今日が僕の命日になるかもしれない――と、一瞬本気で思う。

「今さらビビったって遅《おせ》えよ。俺にタイマンを挑んだこと、死ぬほど後悔させてやるから覚悟しやがれ！」

怒号を吐き散らしながら川藤が突っ込んでくる。

（もう始めるの⁉）

心の中で悲鳴を上げるも、よくよく考えるまでもなく、今から自分と川藤がやることはケンカだ。

スポーツと違って、始めの合図とともに正々堂々と戦う必要性も必然性もない。

心の準備すらままならないまま始まったことで、どうやって前蹴りを当てるかとか考えを巡らせる暇もなかった史季は、迫り来る川藤目がけてヤケクソになりながらも前蹴りを放つも、

「ぶふッ⁉」

ほとんど同時に川藤が繰り出したパンチが顔面に直撃。

足裏の感触からしてこちらの前蹴りも川藤を捉えたようだが、顔面を殴られたせいで相手の体のどこを蹴ったのかは確認できず、おまけに前蹴りを放ったことで片足立ちになったところを殴られたせいでバランスを崩してしまい、派手に尻餅をついてしまう。

このまま組み敷かれたら殺されてしまう——掛け値なしにそう思った史季は、亀のように体を縮こまらせることで身を守ろうとするも、

「…………え？」

視界に映る川藤が、両手で腹を押さえて地面に突っ伏しているのを見て、中途半端《ちゅうとはんぱ》に両手両脚を縮こまらせたところで動きを止めた。

「ク……ソが……」

絞り出すような声で悪態はつけども、土下座にも似た体勢からは身じろぎほども動けない様子だった。

「な。言ったとおりにやったら勝てただろ」

微妙にドヤ顔を浮かべながら歩み寄ってきた夏凛が、手を差し伸べてくる。

自分から女の子の手を握ることに意味もなく逡巡《しゅんじゅん》するも、だからといってそれが彼女

の厚意を袖にする理由にはならないので、観念したように手を取って立ち上がった。

（これ……本当に現実なの？）

地面に突っ伏している川藤を見下ろしている状況に、まるで理解が追いつかない。

そんな心中を見て取ったのか、夏凛はこんなことを訊《たず》ねてくる。

「またあたしとぶつかりそうになった時の話になるけどさ、シキって当たり前のように五段飛ばしで階段上ってたろ？」

「それは……一年生の時から川藤くんたちにタイムリミット付きで毎日パシらされてたから、自然とそうなったっていうか……」

「そのおかげって言うのもシキにとっては嫌な話かもしんねーけど、とにかく、毎日強制的に階段ダッシュをやらされたことで、当たり前のように五段飛ばしで階段を上れるくれーの脚力がついたってわけだ。で、それだけの脚力があれば、あのバカみたいにケンカ慣れしてない奴《やつ》が相手なら余裕でいけると思って、あたしはあんたにあんなアドバイスをしたってわけ」

夏凛のまさかすぎる言葉に、史季は目を見開く。

「ケンカ慣れしてないって……川藤くんが？」

「正確に言うと、こいつら三人全員がだけどな」

事もなげに言う夏凛に、史季はいよいよ閉口する。

「わかりやすいくらい信じらんねーって顔してんな。シキがこいつらのことケンカが強いって感じたのは、ただこいつらが人を殴り慣れてるだけ。ケンカに慣れてるわけじゃねー。実際、こうして川藤とかいうバカには勝てただろ」

「それは……そうだけど……」

どうしても釈然としない──そんな考えもまた顔に出ていたのか、夏凛は補足するように説明を続けた。

「シキみたいな、言ってしまえば普通の奴に比べて、川藤たちのような連中がケンカにおいてアドバンテージがとれてるのは、まさしく人を殴り慣れてるからなんだよ。人を殴り慣れてる奴ってのは、まー大抵の場合、人を殴ることに躊躇《ちゅうちょ》しない奴か、人を殴ることが好きな奴のどっちかだ。だから全力で人を殴れる。普通の奴と違ってな。実際、シキが思い切り川藤を蹴れたのも、ヤケクソになっていたおかげってところもあったろ？」

確かにそのとおりかもしれないと思ったところで、はたと気づく。

「まさか……小日向さんはそこまで計算した上で僕にあんなアドバイスを⁉」

不意に、沈黙が下りる。

「あ、あったり前だろ」

　そう答える夏凛の目は、面白いくらいに泳いでいた。

「まさか……小日向さ——」

「あーっ！　えーっとっ！　あれだっ！　たとえば全くパンチ力が同じだけど、人を殴り慣れてる奴と、人を殴り慣れてないせいで半分くらいの力でしか殴れねー奴がケンカをした場合、単純にパンチ力に倍の差が出る計算になるだろ？　シキが川藤たちのことをケンカ慣れしてるって錯覚したのも、その差によるところが大きかったってだけの話なんだよ！」

「それって……もし僕がヤケクソになってなかったら、前蹴りに小日向さんが想定したほどの力がなくて、川藤くんに勝てなかった可能性もあるんじゃ……」

　再び、沈黙が下りる。

「お、おまえはやる時はやる奴だって信じてた！　本当だぞ！　嘘じゃないぞ！」

　そう力説する夏凛の目は、笑っちゃうくらいに泳いでいた。

（……うん。結果オーライということにしておこう）

　口に出さなかったのは、史季なりの優しさだった。

「と、とにかくっ！　うちのガッコは不良《バカ》が多いけど、本当の意味でケンカ慣れしてる奴は意外と少ねーんだよ。たぶん二、三〇人くらいなんじゃねーかな？」

数だけを聞けば充分多く感じるが、聖ルキマンツ学園にいる不良の数は、在籍する六五〇人超の生徒数の内の七割に及ぶと言われている。

確かに夏凛の言うとおり、意外と少ない数かもしれないと思う。

「特に川藤みてーな奴は、いかにも弱い奴しか殴ったことがなさそうな感じじゃん？　だから自分より弱い奴の反撃なんてたかが知れてると勝手に思ってそうだし、一方的に殴る経験は積んでても、殴られる経験はたいして積んでないから防御もザル。だから、シキくらいの脚力があれば、前蹴り一発で沈められるって思ったわけ」

そう言って、なぜか夏凛がこちらの股ぐらに視線を向けてきて、史季は意味もなくキュッと股を閉じてしまう。

「まー、ハイキックが撃てるならそっちの方が確実だけど、さすがに柔軟体操とかあんまやったことねーだろ？」

ああ、だから股ぐらを見られたのかと思いながら、首肯を返す。

「だったら、今日から始めてみるってのもいいんじゃねーの？」

そう彼女に訊ねられたところで、史季は思わず瞠目《どうもく》した。

地面に突っ伏していたはずの川藤が、突然起き上がってきたのだ。

「おぉぉおぉおりぃいいぃいぃふうぅうううしぃいいいぃいッ‼」

獣じみた怒号を上げながら、史季に殴りかかろうとする。

そのあまりの迫力に、喉から「ひッ」と引きつるような悲鳴が漏れた刹那、

「……ッ⁉」

ハイキック一閃《いっせん》。

夏凛《かりん》の右脚が川藤の側頭部を捉え、今度こそ確実に昏倒《こんとう》させた。

「これくらい足が上がるようになれば、シキなら大抵の奴は倒せるようになると思うぜ」

などとドヤ顔を浮かべる夏凛を前に、史季は、完全に手遅れなタイミングで彼女から目を逸《そ》らしていた。

重ねて言うが、夏凛はミニスカートを穿《は》いている。

そんな服装でハイキックなんてやらかしたらどうなるか……とりあえず、パンチラ程度では済まないことだけは確かだった。

微妙に頬を赤くしながら目を合わせようとしない史季の反応を見て、ようやく察した夏凛の顔がみるみる赤くなっていく。

「バ、バッカだなーおまえ。こんなん見せパンに決まってんだろ。だから見られて困ることなんてねーし恥ずかしくなんてねーし」

見せパンというわりにはパンツの色は純白だったし、失礼だと思いながらも色について

は心底意外に思ったりもしたけれど、さすがに口に出すような愚は犯さなかった。

「そ、そもそもあたし、パンツ見られたくらいでギャーギャー言うほどガキじゃねーし。こんなスカート穿いてるのも、ちょっと野郎どもを誘惑《ゆーわく》して遊んでるだけだしー」

よくわからない強がりは、なおも続く。

良くも悪くも不良らしく悪ぶって《オラつい》いるせいか、どうやら夏凛は周りから初心《うぶ》だと思われたくないようだ。

背伸びしたがる子供そのものな彼女のことを微笑《ほほえ》ましく思っていたところで、はたと気づく。

いつの間にか、あれだけ恐れていた〃女帝〃のことが、今はもう全く恐《こわ》くなっていることに。

「と、とにかく！　パンツのことはどうでもいいから、さっさと春乃んとこ戻るぞ！」

「本当に、あのまま放っておいて大丈夫なの？」

駐車場を離れながらも、史季は夏凛に訊ねる。

放っておいて云々《うんぬん》は、もちろん川藤たちのことを指した言葉だった。

「だいじょーぶだいじょーぶ。そのうち勝手に目ぇ覚まして、勝手にしょぼくれて、勝手に家帰っから。まー、あたしらのケンカ見て誰かが通報《タレ》こんでたら、警察《ポリ》さんのお世話になってるかもだけど」

それはそれで大丈夫ではない気もするが、散々いじめられた手前、どうせなら警察のお世話になってほしいと思わなくもない史季だった。

しばらく歩き、大通りの手前まで来たところで、

「あっ！　夏凛先輩っ！」

史季が川藤たちから助けた夏凛の後輩の女の子が、笑顔を浮かべながらこちらに向かって手を振ってくる。

そして、人波をかき分けるようにして駆け寄ってきて——史季たちの目の前で、ヘッドスライディングも斯《か》くやとばかりに派手にすっ転んだ。

大通りの傍《そば》でそんなことをやらかせば必然的に衆目を集めることになるも、集まった人の目が女の子から自分に移っていくのを見て、史季は首を捻《ひね》る。

人の目を集めるような特徴がないことを自覚している分、余計に。

「おまえら、ちょっとこっちに来い！」

夏凛一人だけが慌てふためきながらも史季と女の子の手を取り、引きずるような勢いで

歩き出す。引っ張られるがままに大通りから離れ、辿《たど》り着《つ》いたのは、やはりというべきか人気の少ない公園だった。

いい加減、自分が人の目を集める理由を知りたかった史季が、夏凛に向かって口を開きかけるも、

「わわっ！　よく見たらひどい怪我《けが》じゃないですかっ！」

女の子が悲鳴じみた声を上げたところで、史季はようやく得心する。

散々川藤に顔面を殴られたのだ。

顔に痣《あざ》ができていたり腫れ上がったりしていても、特段おかしい話ではなかった。

「つーか、おまえはおまえで平然としすぎだっつーの。初めはちょっと喋《しゃべ》ろうとしただけでも痛がってたってのに」

言われてみれば確かに、殴られてすぐの時は慣れない痛みに苦しんでいたが……もしかしたら自分は、腹と顔の違いはあれども殴られ慣れているせいで、痛みに慣れるのも早いのかもしれない。

考えるだに哀《かな》しい、新しい自分の発見だった。

「ままままずは消毒をしないとっ！」

そんな史季を尻目に、女の子は肩にかけていた鞄《かばん》を忙《せわ》しなく漁《あさ》り、小さな容器に入った

消毒液とガーゼを取り出す。

続けて、ガーゼに消毒液を染《し》み込ませようとするも、

「あ、あれ？」

容器を傾けて指を押し込んでも消毒液が出てこず、女の子はさらにわたわたと慌てだす。

「ど、どうして⁉ 消毒液はまだ残ってるはずなのに⁉」

女の子はますます慌てた声を上げながら、あろうことか消毒液の容器の噴出口を下にした状態で覗《のぞ》き込み始める。

次の瞬間に訪れる惨事を幻視した史季と夏凛が、慌てて制止の声を上げようとするも、わずかに遅かった。

「ぎにゃ――――――――――っ‼」

ブシューと勢いよく噴き出した消毒液が目に直撃し、女の子が悶絶《もんぜつ》する。

下から噴出口を覗き込むだけでも大概なのに、そこからさらに容器に指を押し込んで消毒液を噴出させる未来までは、さすがに史季も夏凛も幻視していなかった。

「アホかおまえは――――――――っ‼」

「は、早く水飲み場に！」

一五分後──

「本当にすみませんでした！　それから助けてくれてありがとうございました！」

女の子──桃園春乃《ももぞのはるの》は、水で洗ってなお充血がとれない双眸《そうぼう》をそのままに、史季に向かって頭を下げる。

「いや、まあ、僕も助けてもらった身だし、桃園さんにはこうして応急処置をしてもらったから、そんなにかしこまらなくてもいいよ」

その言葉どおり、今の史季は、春乃の指示に従ってコンビニで買った氷をこれまたコンビニで買った二枚のビニールに詰め替えた上でタオルで巻いたものを、川藤に散々殴られた両頬に押し当てていた。

さすがに夏凛と春乃に押し当ててもらうのは気が引けたので、史季が自ら押し当てる形になっていることや、大惨事を招いた消毒液が結局必要なかったことはさておき。

先程の一幕が信じられないほどに、春乃の処置は的確だった。

「春乃は両親ともにお医者さんだからな。これくらいお手の物ってわ──」

「わたしってドジですぐ怪我しちゃうから、お父さんとお母さんが『これだけは絶対に覚えろ』って何度も教えてくれたんですよ。だから、応急処置《こういうこと》には慣れてるんです」

恥部と言っても過言ではないようなことをあけすけに語る、春乃。

気遣いをスルーされた夏凛は「わざわざ言わなくてもいいのに」と言いたそうに、片手で頭を抱えていた。

ちなみにだが、春乃の鞄の中には、ちょっとした救急箱に匹敵する程度にはガーゼやら包帯やら絆創膏《ばんそうこう》やら消毒液やらが詰め込まれていた。

おそらくこれも、彼女のご両親の入れ知恵だろうと史季は思う。

夏凛は「まー、とにかく」と、仕切り直すように前置きしてから、いつの間にやら取り出した鉄扇で史季を指し示した。

「あらためて紹介するぜ。こいつはオリフシシキ。あたしと同学年《タメ》で学校《ガッコ》も同じだから、春乃にとっては一コ上の先輩ってわけだ。で……」

今度は春乃を指し示し、言葉をつぐ。

「この子は桃園春乃。もう言う必要もねーだろうけど、あたしらと同じガッコで、一コ下の後輩だ」

「はい！　夏凛先輩の後輩です！」

と、嬉《うれ》しそうに言う春乃だが、こうして彼女と夏凛を見比べると、外見だけに限れば春乃の方が先輩に見えて仕方なかった。

　夏凛自体、身長は同年齢の平均くらいで顔立ちも年相応なので、彼女に問題があるという話ではない。

　単純に、春乃の外見が半月前まで中学生だったとは思えないほどに成熟しているせいで、同じ高校生にはどうしても見えないのだ。

　もっとも、それはあくまでも黙って突っ立っていればの話であって、内面は、外見とは逆の意味で半月前まで中学生だったとは思えない点が散見しているが。

「僕が言うのも何だけど、何というか、聖ルキマンツ学園に似つかわしくない子だね」

「だよな。だから、あたしも別のガッコにしとけって言ったんだけど……」

　入学してから半月足らずの割りには気心が知れているから、そうだろうとは思っていたが、今の言葉を聞いて、二人の付き合いが、春乃が聖ルキマンツ学園に入学する以前から続いていることを史季は確信する。

　そしてそれが正しいことを証明するように、春乃は嬉しげに楽しげに、夏凛との出会いを早口に熱弁し始めた。

「去年の今頃の話なんですけどさっきの人たちみたいにわたしを無理矢理どこかに連れ込もうとする悪い人たちに出くわしちゃったんですけどたまたま通りがかった夏凛先輩が悪い人をバッタバッタとなぎ倒して助けてくれてそんな先輩に憧れて聖ルキマンツ学園に入

ることを決めたんです！」

「って具合に嬉しそうに語られても、あたしとしちゃ悪の道に引きずり込んだみてーで、ちょ〜っと罪悪感、感じてんだよなー」

などと言いながらも、夏凛《かりん》は懐《ふところ》から取り出した小さな箱から、煙草《たばこ》に似た白い棒を一本引き抜き、咥《くわ》えた後、

「ん」

あろうことか、その箱を春乃に向かって差し出し、勧めようとする。

まさしく目の前で後輩を悪の道に引きずり込もうとする様を目の当《ま》たりにした史季は、両頬に当てていた氷入りビニールを放り出しながらも、素っ頓狂な声を上げた。

「ちょちょちょちょちょッ！　何やってんの小日向さんッ！」

大慌ての史季に対し、夏凛はニンマリと笑いながらも、煙草に似た白い棒の入った箱をこちらに向けてくる。

「シキもやるか？」

「や、やるって何を？」

「もちろん、パインシガレットのことだよ」

「…………………へ？」

史季の口から間の抜けた声が漏れる。

「ほら、駄菓子であるだろ。ココア味とかコーラ味とか。それのパイン味」

「パイン……」

瞬間、恥ずかしい勘違いをしていたことに気づいた史季は、顔が真っ赤になる。

それを見て、夏凜はイタズラを成功させた悪ガキのようにケラケラと笑った。

「あはははははっ！　こんなにもキレーに引っかかった奴《やつ》は久しぶりだなっ！」

「先輩っ！　そのキレーに引っかかった奴ってわたしのことですかっ！」

なぜか誇らしげに手を上げる春乃《はるの》のズレっぷりも手伝って、史季は顔を隠すようにして頭を抱えるばかりだった。

夏凜がいつも口に咥えている白い棒のことを、まさか煙草ではないだろうと思いつつも、心のどこかで〝女帝〟ならあり得ないとは言い切れないかもしれないとも思っていた。

だからこそ、いきなり目の前でパインシガレットを後輩に勧める様を目の当たりにした瞬間、つい止めに入ってしまった。

（よくよく考えたら、駐車場にいた時から咥えていたシガレット、捨ててもいないのにいつの間にかなくなってたよね……）

まさしく綺麗《きれい》に引っかかってしまったことを理解した史季は、がっくりと肩を落とす。

夏凛は春乃にシガレットを一本あげてから、再びシガレットの箱をこちらに向けてくる。

デザインは煙草の箱に寄せているが、大きさは本物よりも一回りくらい小さく、奥行きにいたっては半分あるかどうかも怪しい。

おまけに、箱の前面にデカデカと「パインシガレット」と書かれているものだから、本物を間近で見たことがあまりない史季でも——遠目ならば学園の不良が持っているところを何度も見かけたことがあるが——なんで気づけなかったのかと頭を抱えたくなる程度には、明確な差異が散見していた。

もっともネタばらしをする前の夏凛は、箱の大きさをわかりにくくするような持ち方をしていたような気がするし、商品名に至ってはちゃっかりと指で隠していたような気がしないでもないが。

などと、ゴチャゴチャ考えていたことが顔に出ていたのか、夏凛は聞いてもいないことを答え始める。

「そもそもあたし、匂いが嫌いだから煙草なんて吸う気もねーし」

「だからって、どうしてパインシガレットを？」

「好きな味だからってのもあるけど、なんかかっこいいじゃん。こういうの」

なんとも俗っぽい答えを返しながらも、三度《みたび》パインシガレットの箱をこちらに差し出してくる。

「そういうわけだから、シキも一本やるかい？」

完全に確信犯な言い回しに顔を引きつらせるも、この流れで断るような度胸もなかったので、おとなしく一本頂戴する。

口に咥えると、ほどなくしてパインとハッカの香りが口腔《こうこう》いっぱいに拡《ひろ》がった。味の方は、けっこう好きな感じかもしれない。

「今のようなタイミングで警察《ポリ》さんに見つかると、これがまたおもしれーんだよなー。こんな外見《なり》だから一発で勘違いされるし」

楽しげに笑いながら、夏凛は言う。

春乃もつられたように笑っているが、史季一人だけはますます顔を引きつらせるばかりだった。

「まー、ふざけた話はこれくらいにして、ちょっと真面目な話をするけど……シキ。明日は念のためガッコ休んで、お医者さんに顔の怪我《けが》診てもらえよ」

言葉どおり真面目な顔で言いながらも、春乃を見やる。

憧れの先輩からの視線が何を意味しているのかをしっかりと理解した彼女も、後押しするように言った。

「その方がいいと思います。本当なら今日中に行った方がいいんですけど、日曜日ですし、わたしのお父さんとお母さんを頼ろうにも今日は学会で帰りが遅いですし」

後半の言葉には、史季はむしろホッとしていた。

いくら春乃を助けたことで負った怪我だと言っても、そのご両親に診てもらうのは気が引けるどころの騒ぎではない。

兎《と》にも角《かく》にも、ケンカ慣れしている夏凛と、医者の娘である春乃がこう言っている以上、従うべきだと史季は思うも、

「ただ……下手に休んだら、次の日川藤くんたちに何をされるか……」

「あたしに隠れて、いじめなんてやってるようなヘタレだろ？　さすがに、あたしとの約束破ってまで報復なんてしてこねーだろ」

「でも川藤くん、僕に蹴られたことすごく怒ってたし、結局倒したのは小日向さんだったし……」

「あー……言われてみれば確かにそうだな」

「……ごめんなさい。わたしのせいで……」

「いやいや、桃園さんのせいじゃないから！」

しょぼくれる春乃と、慌てて否定する史季を尻目に、夏凛は顎に手を当てて考え込んで

から、こんなことを言い出す。

「しょうがねー。ここまで関わっちまった以上、最後までケツ持ってやるか」

「こ、小日向《こひなた》さん……女の子がケツとか言うのはちょっと……」

「あーあーあーうるせーうるせー。つーか今時、女だからとかどうとか言う考え方のほうが古いっつーの」

　そういう風に言われては返す言葉もなく、史季は口ごもる。

「とーにーかーくー。シキは川藤たちの報復が恐《こわ》いんだろ？　けど、あたしもあんたのことを四六時中見張ってやれるほど暇じゃねー。だから……」

　夏凛はニッカリと笑うと、まさかすぎる言葉をつぐ。

「あたしが、ケンカのやり方教えてやんよ」

「……はい？」

　言葉の意味をすぐには理解できなかった史季は、間の抜けた顔で、間の抜けた返事をかえした。

第二章　昼休み

結局、ケンカのやり方を教えてもらう件については返事を保留することにした史季は、夏凜たちと別れて自宅に戻った後、言われたとおりに顔を冷やしながら安静に過ごした。

そして翌日の朝。

鏡に映る自分の顔がパンパンに腫れているのを見て、夏凜と春乃に言われるまでもなく学校を休んで医者に行くことを決意する。

医者に診せた際は、いったい何があったのかと胡乱《うろん》な目を向けられたものだが、聖ルキマンツ学園の不良にやられたと伝えると、すぐに納得してもらえた上に同情までしてもらえた。

つくづく、自分が通っている学園のろくでもなさを思い知らされた心地だった。

幸い骨に異状はなく、引き続き凍傷に気をつけながら冷やせばいいとのことなので、医者を後にした史季は、昨日買いに行きそびれたゲームソフトを購入する。

家に帰った後は言われたとおりに顔を冷やしながらも、明日登校したら何が待ち受けているのかわからないことへの現実逃避もあってか、購入したゲームソフトのみならずソシヤゲ（無課金）も含めて、日がな一日ゲームに没頭した。

そしてそして翌日の朝。

顔の腫れが随分マシになったことに安堵《あんど》しつつも、史季はマンションの部屋を後にする。

いくら夏凜のおかげで治安がマシになったとはいっても、学園内で不良どものケンカが勃発するのは日常茶飯事で、今の史季のように顔が腫れていたり痣《あざ》ができていたりする不良をそこかしこで見かけることもまた日常茶飯事だった。

ゆえに二年二組の教室に辿《たど》り着《つ》いても、史季の怪我を気にかける人間なんてそうそういない。そんな人間なんて、それこそ弱い者いじめをする輩《やから》に目を光らせている夏凜くらいだろうと高をくくっていたら、

（なんでみんな、僕のことをチラチラ見てるんだろう……）

自分の席についた史季は、不良も、そうでない生徒も、チラチラチラチラこちらを見てくることに居心地の悪さを覚えずにはいられなかった。

そうこうしている内に、川藤が取り巻きたちとともに教室に入ってくる。史季と川藤の関係はクラスメイトの多くが知るところなので、束《つか》の間《ま》空気が張り詰めるも、

「……チッ」

川藤は舌打ち一つ漏らしただけで史季をスルーし、取り巻きたちを引き連れて真《ま》っ直《す》ぐ

に自分の席へ向かった。

ろくに川藤の方を見ることができなかった史季は内心ドキドキしながらも、そこかしこから聞こえてくるヒソヒソ話に耳を傾ける。

「おい、川藤が折節に近づきもしなかったぞ」

「つうことは、マジで〝女帝〟が折節のバックについたのか？」

「そうにきまってんだろ。実際昨日の昼休み、〝女帝〟が折節のこと訪ねてここに顔出してたしな」

などといった感じの会話を聞いて、史季は得心する。

（僕が言うことを聞かずに登校していないか確かめるためか、今のような状況をつくり出すためかはわからないけど、昨日小日向さんがこの教室に顔を出してくれたから、みんな僕のことをチラチラ見てたんだ）

それはそれで面倒な話になっている気がしないでもないことは、さておき。

（だったら、小日向さんにケンカのやり方なんて教えてもらわなくても、川藤くんはもう僕に手を出してこないんじゃ……）

そんな淡い期待をしながらも、恐る恐る川藤の席を横目で見やり……逃げるように即座に視線を逸《そ》らした。

睨《にら》んでいたのだ。

川藤が、親の仇《かたき》にでも向けるような凶眼《きょうがん》で、こちらを睨んでいたのだ。

負けたら史季に手を出すなという〝女帝〟との約束を破り、前蹴りの借りを返す気マンマンでいることは、火を見るよりも明らかだった。

生きた心地がしないままチャイムが鳴り、担任の冴《さ》えないおっさん教師が教室に入ってきて朝のホームルームが始まる。

それから一限二限と授業を終えるも、川藤たちは休み時間になっても史季に近づく素振りすら見せなかった。

久しぶりに穏やかな休み時間を過ごせたのは嬉《うれ》しい限りだが、その様子を見たクラスメイトたちが、いよいよ本当に〝女帝〟が史季の後ろ盾についたとざわつき始めたことは、落ち着かないことこの上なかった。

そして三限四限の授業を終えて昼休みになると、いつもどおり派閥の顔出しのために川藤たちが教室を出て行くのを確認してから、購買のパンを買うために立ち上がる。

川藤たちがいない間に昼食を調達し、川藤たちに見つからないよう秘密の場所へ向かい、そこで昼食を済ませつつも昼休みが終わるギリギリまで身を隠すことが史季の日課だった。

けれど、

（よくよく考えたら、昨日小日向さんが僕の教室に来たということは、今日も来るかもしれな――）

不意に、背後からトントンと肩を叩《たた》かれ、思考が途切れる。

噂《うわさ》をすればと思いながらも振り返ると、予想どおりの人物――小日向夏凛《かりん》が人差し指でこちらの頬を突《つつ》いてくる。

「やーい、引っかかってやんの」

子供じみたイタズラを成功させたことを子供のように喜ぶ彼女に、史季は「ど、どうも」と曖昧な返事をかえした。

そうこうしている内に、〝女帝〟の存在に気づいたクラスメイトたちがざわつき始め、

「つーわけで史季、飯行こーぜ」

事もなげに出てきた夏凛の一言に、教室全体が一気にざわついた。

「おいおい、マジで〝女帝〟が後ろ盾になったのかよ⁉」

「なんであんな奴《やつ》が⁉」

「羨ましいような、そうでもないような……」

そこかしこから聞こえてくる好奇と嫉妬の声に耐えられなかった史季は、夏凛に向かってブンブンと首肯を返した。

「よし。じゃ、行くぞー」

周囲の声を気にも留《と》めない夏凛が、のんびりとした足取りで教室から出て行く。

そんな彼女について行く史季の足取りは、この場から逃げ出したい気持ちを表すように、そそくさとしていた。


史季と夏凛は教室を出た後、購買部で適当にパンを買ってから、どこか落ち着いて食べられる場所を探すことにする。

あの〝女帝〟が男を連れ回しているせいか、生徒、教師問わず廊下ですれ違う人間全員が驚きを露《あら》わにしているものだから、史季としては落ち着かないことこの上ない。

前を行く夏凛は、気にしていないどころかこの状況を楽しんでいるようで、先程から口元のパインシガレットをピコピコさせながら鼻歌を歌っていた。と思っていたら、

「つーか、ちゃんとついて来てるかー?」

唐突に鼻歌をやめて、半顔だけを振り返らせながら話しかけてきたものだから、史季は意味もなく「はいッ」と声を裏返らせてしまう。

自然、夏凛の口から苦笑が漏れる。

「んだよ、その声」

「いや……注目を浴びるのはちょっと苦手で……」

「そーなのか？　そりゃわりーことしたな」

「わりーことしたな……って、まさかわざと目立つようにしてたの!?」

「いやー、いっぺん冬華みてーに、男連れ回しながら校内を練り歩いてみたかったんだよなー」

　今度は、史季の方が苦笑する番だった。

　今といい、パインシガレットといい、どうにも彼女は悪ぶって見られることを楽しんでいる節がある。などと思いつつも、夏凛の口から出てきた名前に片眉を上げた。

「小日向さん、『冬華《とうか》』ってもしかして……」

　意識して名前を出したわけではないのか、夏凛は「あー」と気の抜けた声を漏らす。

「小日向派なんて呼ばれてるからな。さすがに知ってっか。あたしの友達《ダチ》のこと」

　小日向派という言葉どおり、〝女帝〟には二人の盟友が存在する。

　名前は、月池《つきいけ》千秋《ちあき》と、先程二人の口《くち》の端《は》に上った氷山《ひやま》冬華。

　彼女らと〝女帝〟こと小日向夏凛――わずか三人しかいない小日向派こそが、不良校として名高い聖ルキマンツ学園において最強の派閥と呼ばれていた。

そして当然、派閥は小日向《こひなた》派以外にも存在する。

廊下の向こうからやってくるその集団が見えた瞬間、夏凛は振り返らせていた半顔を前に戻し、ツリ目がちの双眸《そうぼう》を据わらせながら足を止めた。

彼女の視線の先にいるのは、集団を率いている、身長が二メートル近くもある巨漢の不良。彼が何者であるのかを知っていた史季は、心の中で恐怖に引きつった声を上げた。

(荒井《あらい》先輩⁉　ということは、後ろにいる人たちは川藤くんたちと同じ荒井派の⁉)

然《そ》う。一〇人近い不良どもを率いてやってきた巨漢の三年生——荒井亮吾《りょうご》は、四大派閥と呼ばれる、聖ルキマンツ学園に存在する最大派閥の一角を担《にな》う荒井派の頭《トップ》。

史季を散々いじめた川藤たちが属している派閥が荒井派であり、彼らも含めて派閥に属する不良の数は実に五〇人を超えていた。

言うまでもないが、学園最強の派閥である小日向派も四大派閥の一角を担っている。

数の上では圧倒的に負けてはいるものの、たった三人の女子で構成されていることもあって、小日向派は学園内においてはけっこうな人気を誇っている。

そのため、実際には派閥に属していないものの夏凛たちを支持する、隠れ小日向派とも呼べる生徒の数が相当数存在していた。

ゆえに、数においても小日向派は最強の派閥になるため、学園の頭である〝女帝〟の地位はなおさら確固たるものになっていた。

もっとも目の前にいる巨漢は、小日向派をその地位から引きずり下ろし、〝女帝〟に代わって学園の頭になることを虎視眈々《こしたんたん》と狙っているという話らしいが。

相対距離が三メートルを切ったところで、荒井たちも立ち止まる。

「おい。そこの」

荒井が、夏凜を無視して史季に話しかけてくる。

ドスの利《き》いた声。

睨むだけで人を殺せそうな凶悪な眼光。

同じ高校生とは思えない、プロレスラーを想起させるほどに圧倒的な巨軀《きょく》。

それらの要素が渾然一体《こんぜんいったい》となって醸《かも》し出《だ》された威圧感が、史季の心胆を凍えさせる。

喉は炎天下に長時間晒《さら》された後のように、カラカラに干上がっていた。

(川藤くんたちとは何もかもが違う……違いすぎる……!)

心の底から恐怖を覚えながら、心の底からそう思う。

いじめられていたこともあって、川藤たちに恐怖を覚えたことは幾度となくあった。

けれど、荒井に対して抱いた恐怖は、川藤たちから覚えたものとは次元からして違っていた。比較することすら馬鹿らしいレベルだった。

「聞いたぞ。下の者《もん》が世話になったらしいな」

下の者が川藤たちのことを指した言葉であることは理解できた。

理解できたから、返事をかえすことができなかった。

ガクガクと足を震えさせながら、意味のない吐息を漏らすばかりだった。

そんな史季に助け船を出すように、夏凜は据わらせた目をそのままに、剣呑《けんのん》な声音で言う。

「あたしのツレに因縁つけてんじゃねーよ」

途端、荒井の視線が夏凜に移り、史季は心胆が凍えるほどの恐怖から解放される。

もっとも、目の前に荒井がいる以上、完全にというわけにはいかないが。

荒井は「ふん」と鼻を鳴らすと、体格相応に大きな顔に嘲笑を浮かべた。

「まさか、貴様が男を囲うとはな」

「はんっ、そりゃてめーが知らねーだけだ。今に始まった話じゃねーよ」

多少なりとも恐怖から解放されたおかげで、余計なことを考えるゆとりができた頭が、つい先程夏凜が「男連れ回しながら校内を練り歩いてみたかったんだよなー」と言っていたことを思い出す。

その言葉が本当ならば、男を囲うのは今に始まった話になるわけだが……状況が状況なので、これ以上余計なことは考えないことにした。

「とにかく、あたしらはてめーらと違って忙しいんだ。だから、さっさとそこを退《ど》け。てめーがぞろぞろ引き連れてるせいで、こっちは通れねーんだよ」

「俺たちに退けだと？　殺されたいのか？」

「殺されたいだぁ？」

ガリッと噛《か》み砕《くだ》く音とともに、咥《くわ》えていたパインシガレットが床に落ちる。

「やってみろよ。やれるもんならな」

それは、挑発ではなかった。

自身の強さに対する絶対的自信。その発露だった。

「…………ちッ」

短い沈黙を経て、忌々《いまいま》しげに舌打ちを漏らした荒井は、廊下の半分だけ道を空けて歩き出す。

必要以上に事を荒立てる気はないのか、夏凛は荒井の譲歩に乗り、半分だけ道が空いた廊下を歩いていく。

現れた時と同じようにぞろぞろと歩く荒井たちとすれ違い、向かう先にあった曲がり角を曲がったところで、史季はもう堪《こら》えきれないとばかりに深々と息を吐いた。

「大丈夫か？　史季」

こちらの顔を覗《のぞ》き込みながら、夏凛が心配してくる。その距離の近さがあまり大丈夫ではなかったので、史季は「だ、大丈夫！」と叫びながらも仰《の》け反《ぞ》った。

「ならいいけど」

過剰な反応に苦笑しながらも、夏凛は離れる。

そのことに安堵《あんど》しつつも、無駄に反応が過剰になってしまったのは、気遣ってくれた彼女に失礼だったと反省する。

同時に、改めて思う。夏凛は確かに、あの荒井よりもケンカが強いのかもしれないけれど、決して荒井のような恐《こわ》い存在ではない――と。

「つーか……」

夏凛は周囲に視線を巡らせ、ため息をつく。

「荒井《バカ》どもに絡《から》まれたせいで、余計に注目集めちまってるな」

言われてみれば確かに、先程よりもこちらをチラチラ見てくる視線が増えている気がする。

「これじゃ、落ち着いて飯食える場所なんて見つかんねーぞ」

やっちまったとばかりにポリポリと頭を掻《か》く夏凛を見て、小さな決心をした史季はおずおずと手を上げる。

「落ち着いて食べられる場所なら、一つ心当たりがあるけど……」

そこは、川藤たちのいじめから避難するための秘密の場所だけれど。

不良だけど、他の不良と違って恐くない彼女になら知られても構わない——そう思った史季は、夏凜《かりん》をその場所へ案内することに決めた。


このまま二人揃《そろ》って秘密の場所へ向かっても結局は目立つだけなので、一旦バラけてから体育館の舞台の脇にある控え室に集まることにする。

そこから史季は、ホリゾント幕と呼ばれる舞台最後方に設置された幕の裏に入り、壁を伝って、舞台の中央付近まで夏凜を案内する。

そこに設けられた、暗証番号式の電子ロックが付いた両開きの扉を見て、夏凜は呆《あき》れ混じりに言った。

「まー、このガッコらしいっちゃらしいな」

そんな言葉どおり、この聖ルキマンツ学園は、不良校という点を抜きにしてもおかしな点が多々ある学校だった。

学園の創設者であるホワード・ルキマンツの「来る者は拒まず」という精神を反映した結果か、入試を受けなくても願書さえ出していれば受かるなどという噂《うわさ》が流れている時点で充分におかしい。

だからこそ不良が多く集まってしまったり、史季のように最後の滑り止めとして受験した結果、入学後にろくでもない目に遭ってしまう者が毎年けっこうな数出ていることはさておき。

施設においても、控えめに言って頭のおかしい代物が散見していた。

たとえば、校舎の正面玄関を出てすぐのところに建てられた、ホワード・ルキマンツの銅像には、夜になったらゲーミングＰＣよろしくカラフルに輝き始める無駄機能が搭載されている。

銅像ゆえにアートという名の落書きの被害に遭うことも多々あったが、その度に翌朝にはもう綺麗《きれい》さっぱり落書きが拭い去られていたり、一度不良どもがふざけて首をへし折ってしまった時でさえも、翌朝にはもうすっかり修復されていたりと、そのあまりの不気味さから誰も手出ししなくなった曰《いわ》く付《つ》きの珍品だった。

それ以外にも、屋外のプールになぜか水流を発生させる装置がついていたり、校舎中の窓ガラスが、不良どもがマジ蹴りをぶち込んでもビクともしないほどの強度を誇っていたりと、最早《もはや》どこからツッコめばいいのかわからない有り様になっていた。

閑話休題。

電子ロックの暗証番号を知っていた史季はポチポチと数字のパネルを押し、開錠音を確認してからゆっくりと扉を押し開く。

二人揃って中に入ったところで扉を閉め、施錠《せじょう》音を確認してから、その先に続く緩やかなスロープを進んでいく。

一分ほど歩いた先にあったのは、入口とよく似た両開きの扉。さすがに電子ロックは付いておらず、扉枠上部の壁には「予備品室」と書かれたプレートが貼り付けられていた。

史季が扉を開くと、夏凛が得心の声を上げる。

「予備品室って、そういう意味か」

扉の先にあったのは、跳び箱や体育用マット、バスケットボールやバレーボールの入った籠などなど、部活――実質不良どものたまり場に利用されているだけだが――や体育に使われる備品が保管された、所謂《いわゆる》地下体育倉庫だった。

正方形状の部屋は一辺が一五メートルもあるため、かなりの広さを有しており、備品が置かれていることを差し引いても、五～六人程度ならば余裕でくつろげるくらいの空間的余裕があった。

「ほら、この学校って不良が多いせいで表の体育倉庫に保管しても、備品を汚されたり壊されたりすることが多いから」

史季の説明に、夏凛はため息をつく。

「体育倉庫なんて絶好のたまり場だからな。不良《バカ》どもにバレないよう予備の体育倉庫を造ってたってのも、当然っちゃ当然の話か。保管してるラインナップとか、まさしく不良《バカ》どもも向けだし」

そう言って、夏凛は部屋の隅を見やる。

視線の先には、柔道部の道場用と思《おぼ》しき畳の予備や、ボクシング部用と思しきサンドバッグの予備など、不良どもの遊び道具としては人気の高い備品が数多く保管されていた。

「つーか、この部屋の存在とか暗証番号とか、よく知ってたな？」

「いや……一年の頃、川藤くんたちに気づかれないようお昼ごはんを食べるために、教職員用のトイレで……その……ごはんを食べてたら、先生に見つかって同情されて……」

「それで、この場所を教えてもらえたってわけか」

「予備品室の掃除を条件にね……」

「あー、それならゴミとか落とさねーよう気をつけないとな」

言いながら、ちょうどいい高さに積み上げられていた体育用マットの上に腰を下ろし、その隣をペシペシと叩《たた》く。そこに座れと催促しているようだ。

さすがに真隣は距離が近すぎるので、人一人分以上の隙間を空けて座ることにする。

途端、夏凛は唇を尖《とが》らせた。

「んだよ。遠慮すんなよ。それともアレか？　あたしみてーなかわいい女の子とくっついて座んのが、恥ずかしいのかー？」

などと、からかうようなことを言っている割りには、彼女の頰には薄《うっす》らと朱が差し込んでいた。どうやら、自分で自分のことを「かわいい」と言ったことを、内心では恥ずかしく思っているらしい。

（……見なかったことにしよう）

そう思った史季だったが、残念なことに顔に出てしまっていたらしく、察した夏凛がスマホの鏡アプリで自身の顔色を確認し、赤くなった顔を隠すようにして片手で頭を抱えた。

「……わりー。今のは忘れてくれ」

「う、うん……」

微妙に気まずい空気ができてしまったせいか、二人して無言になってしまう。

よくよく考えたら、同学年の女の子と密室に二人きりでいることに今さらながら気づいてしまった史季は、なおさら黙り込んでしまう。

「め、飯にしようぜ」

沈黙に耐えられなかった夏凛の提案に即座に反応した史季は、コクコクと頷《うなず》いて返した。

二人して購買部で買ってきたパンをビニール袋から取り出し、二人してモソモソと食べ始める。

食べているパンの種類は、史季が焼きそばパンで、夏凛がメロンパンだった。

それからほどなくして夏凛がメロンパンを平らげ、新たに取り出したあんパンを食べ始めたところで、史季も焼きそばパンを平らげる。

パンはその一個しか買っていなかったので、一緒に買ったコーヒー牛乳をストローで啜《すす》っていると、その様子を横目で見ていた夏凛が片眉を上げた。

「もう、ごちそうさまか？　そんなんで足りんのかよ？」

「いや……足りるってわけじゃないんだけど……川藤くんにお腹《なか》殴られてばかりだったから……お昼ごはんを少なめにすることに慣れちゃって……」

「……そういうことかよ」

夏凛は小さくため息をつくと、ビニール袋からカレーパンを取り出し、こちらに渡してくる。

「あたしからの奢《おご》りだ。食っとけ」

「そ、そんなッ！　悪いよッ！」

「遠慮すんなって。それとも何か？　史季はこっちの方が食いてーのか？」

イタズラっぽい笑みを浮かべながらも、半分ほど食べたあんパンを見せつけてくる。

間接キスになるとわかった上での提案であることは明らかだった。が、またしても、彼女の頬に朱が差し込むのを見て、さしもの史季もツッコみを入れてしまう。

「また自分で言って自分で恥ずかしくなってない⁉」

「う、うるせーっ。文句ばっか言ってっと、こっち食わせんぞ」

言いながらビニール袋から取り出したのは、焼きそばパンだった。

夏凛はいったい、パンを何個買っているのかという疑問はともかく。

同じパンを続けて食べることも、彼女の食べかけのパンを食べることも抵抗があった史季は、おとなしくカレーパンを頂戴した。

史季がカレーパンを、夏凛が購入したパンを全て——驚いたことに、あの後さらにサンドイッチまで出てきた——平らげたところで、ここからが本題だと言わんばかりに夏凛が切り出す。

「じゃ、そろそろ答えを聞かせてもらおうじゃねーか。史季」

何の話をしているのかは考えるまでもない。

夏凛は、ケンカのやり方を教わるのか教わらないのか、その答えを聞かせろと言っているのだ。

目を瞑《つぶ》り、今朝の出来事を思い出す。

あの時川藤は、親の仇《かたき》に向けるような目でこちらを睨《にら》んでいた。

〝女帝〟を相手に、一応はもう二度と史季に手を出さないと約束したから、今のところはまだ大人しくしているようだが、ほとぼりが冷めた頃はどうなっているのかはわからない。

……いや、わかりきっている。

仮に夏凛が本当に後ろ盾になってくれたとしても、四六時中彼女に守ってもらうというわけにはいかない。そもそもそんなこと、あまりにも彼女の負担が大きすぎるので、してもらうつもりもない。

川藤が報復に動いた時に備えて、自衛できるくらいの力は欲しいと史季は思う。

それに、川藤たちにいじめられていた生徒を庇《かば》った時や、川藤たちが春乃《はるの》をどこかに連れ込もうとしていた時のように、自ら首を突っ込んでおきながら自力では何も解決できないというのは、情けないを通り越して愚かしいというもの。

暴力はよくないけれど、暴力に対抗できるくらいの力は欲しい。

だから、

「迷惑じゃなければだけど……ケンカのやり方、僕に教えてください！」

深々と頭を下げる史季に、夏凛《かりん》は苦笑する。

「そんなかしこまらなくていいって。春乃のこと助けてくれた礼だと思ってくれりゃいい。その方があたしとしても気が楽だしな。それにあたしの方も、ちょーっと史季にお願いしたいことがあるし」

「お願い？」

首を傾《かし》げる史季の疑問には答えず、問い返してくる。

「史季ってさ、勉強はできる方なのか？」

質問の意図がわからず、ますます首を傾げながらも曖昧に答える。

「得意な方ではあるけど……」

と、答えた途端、夏凛はパンッと音を立てて合掌し、聖ルキマンツ学園の〝女帝〟の言葉とは思えない、あまりにも予想外すぎることをお願いしてくる。

「頼むっ！　あたしに勉強を教えてくれっ！」

中学時代までは聞き慣れていた言葉が異世界の言葉に聞こえた史季は、思わず聞き返してしまう。

「……え？　今、なんて……？」

「だーかーらー、あたしに勉強を教えてくれって言ってんの！」

「ええッ⁉」

失礼だとわかっていてなお、驚愕《きょうがく》を露《あら》わにしてしまう。

史季の中で、不良と勉強はどうあっても結びつかないものだったから。

夏凜は夏凜で驚かれることは承知していたのか、懐《ふところ》から取り出した鉄扇で自身を煽《あお》ぎながらも、勉強を教えてほしい理由について語り出した。

「史季も聞いたことくらいあるだろ？　あたしが『小日向《こひなた》流古式戦闘術』とかいう、胡散《うさん》臭《くさ》い古武術を嚙《かじ》ってるって話」

「それはまあ、この学園じゃ有名な話だし……」

「その古武術なんだけどさ、名前の時点でもわかるとおり、道場主はうちのクソ親父《おやじ》なんだわ」

「もしかして……お父さんが、小日向さんに道場を継がせたがってるとか？」

「そうなんだよ！」

ズビシッと閉じた鉄扇の先端を突きつけられ、史季はたじろぎそうになる。

「自分で言うのも何だけど、どうにもあたし、いくつかある戦闘術の中でも、鉄扇を使った扇術《せんじゅつ》においては神童とか言われるレベルらしくてな。そのせいで、クソ親父があたしに道場を継がせるって一人で勝手に盛り上がりやがったんだよ。それがうぜーし、めんどくせーから、実家から遠く離れたこの学園を選んだってわけ。ただ……」

史季に向けていた鉄扇を下ろし、一つ息をついてから話を続ける。

「クソ親父が、あたしに一人暮らしをさせたくないいだ、あたしに出て行かれると寂しいだとゴネやがってな。留年《ダブ》ったら、即実家に連れ戻すって条件付きになっちまったんだよ。だから、勉強なんてやらなくてもいけそーな、この学園を選んだんだけどさ……まさか自分《てめー》が、ここまでアホだとは思わなかったよ……」

最後の言葉は哀愁に充《み》ち満ちていた。

「勉強を教えてくれって言ったのは、そういうことだったんだ」

「そういうこった。ワガママ言って金出してもらってるのは、こっちだからな。いくらクソ親父が相手でも、そんくらいの筋は通さねーと。ってわけで……」

鉄扇を懐に仕舞うと、再びこちらに向かって合掌しながらお願いしてくる。

「史季っ！　あたしに勉強教えてくれっ！」

「も、もちろん力になるよ。教えてもらいっぱなしでいるよりも、その方が気が楽だし。でも……」

少々訊《き》きにくいことだけど、勉強を教える上では確かめておかなければならないことなので、心を鬼にして夏凛に訊《たず》ねた。

「条件が留年したらということは、去年は進級……危なかったの？」

露骨に顔を逸《そ》らす、夏凛。

「補習受けたから余裕だったつーの」

と言う声音は、いやに小さかった。

あと、補習を受けなければならなかった時点で、余裕もへったくれもない。

「そ、それより！　ケンカレッスンだけどさ！」

居たたまれなくなったのか、露骨に話題を変えた夏凛は、鉄扇でチョイチョイと足元を指し示しながら言葉をついだ。

「いっそのこと、予備品室《こ　こ》でやっちまうってのはどうだ？」

第三章　二つのレッスン

その後、生まれて初めて女子と個人的にＬＩＮＥを交換するという一大イベントを終え、予備品室を後にした史季は教室に戻るも、やはりというべきか、川藤たちがこちらにちょっかいを出してくることはなかった。

代わりに、夏凛に昼食に誘われたことでクラスメイトのほとんどから注目を浴びる羽目になってしまい、授業が始まってなおチラチラとこちらに好奇の視線を向けてくる状況は、史季にとってはある意味針のむしろだった。

そして放課後。

周りの目を盗んで予備品室へ向かうと、

「わぁ……」

目をキラキラさせながら予備品室を見回す春乃と、そんな彼女に苦笑している夏凛の姿があった。どうやら二人とも、史季のクラスよりも終礼のホームルームが終わるのが早かったようだ。

「あ、史季先輩！」

年下でなおかつ美人な春乃に、当たり前のように下の名前で呼ばれることにむず痒《がゆ》さを覚えながらも、史季は応じる。

「や、やあ。桃園さん」

「ここすごいですね！　秘密基地って感じで！」

興奮しながら力説する春乃を、夏凜は後ろから「どうどう」と宥《なだ》めてから話しかけてくる。

「サンキュな、史季。春乃にこの場所教えんの許してくれて。まだあんま知られてねーってだけで、春乃もあたしのダチだからな」

新年度に入ってからまだ半月程度しか経《た》っていないせいもあって、一年生の春乃が小日向派の一員であることを知っている人間は、まだほとんどいない。

事実川藤たちも、春乃が〝女帝〟の後輩であること以前に、同じ聖《セント》ルキマンツ学園の生徒であることにも気づかずに人気のないところに連れ込もうとしていたし、彼女を助けた史季も夏凜に言われるまでは全く気づかなかった。

もっとも小日向派どうこう以前に、春乃の容姿は高校生離れしているため、その存在が学園中に知れ渡るのは時間の問題かもしれないが。

「桃園さんなら信用できるし。ただ……」

「わかってる。春乃がこの部屋に来る時は、あたしがちゃんと引率するから」

春乃は半端《はんぱ》なくドジだ。

その彼女が一人でこの予備品室に向かった場合、誰にも気づかれずにというわけにはいかない。それゆえの措置だった。

「つーわけだから春乃、おまえ絶対ここに一人で来るんじゃねーぞ」

「はい！　先輩！」

自分のドジさ加減を自覚しているからか、春乃の返事はどこまでも素直だった。

それはそれでどうかと思わなくもない。

「ところで、友達といえば……その……他の二人はいいの？」

他の二人とは、夏凛の盟友である、月池千秋と氷山冬華を指した言葉だった。

「んー……あたしとしちゃ、あいつらにもこの場所教えてやりてーと思ってるし、史季のこともあいつらに紹介してーと思ってるけど……」

夏凛が、こちらの目を真っ直《ます》ぐに見つめてくる。

どこか優しげな視線を前に、史季は内心ドギマギしてしまう。

「史季ってさ、あたしには慣れてきてるってだけで、基本的にはあたしらみてーな不良は苦手だろ？　あいつら色々と強烈だし、あたし相手にもうちょい慣れてから会った方が、いいんじゃねーかなって思ってな」

「それは……そうかも……だけど……」

明言しにくい問いだったせいもあって、しどろもどろしてしまう。

夏凛はあまり深く考えずに言ったようだが、彼女のことを最早《もはや》少しも恐《こわ》いとは思わなくなっていることを見透かされていたから、なおさらに。

そんな史季の内心を知ってか知らずか、夏凛は「さて」の一言で会話を打ち切り、

「そんじゃ、ぼちぼち始めるとするか。ケンカレッスン」

思わず、ゴクリと息を呑《の》んでしまう。

そんな史季の反応を見て、夏凛は苦笑する。

「そんな緊張しなくていいって」

「で、でも……小日向さんにケンカのやり方を教えてもらうということは、古武術を習うってことになるから……」

史季の言葉に、夏凛は「いやいや」と手を左右に振った。

「小日向流《そんなもん》古式戦闘術を誰かに教えるなんて、クソ親父の喜びそうな真似《まね》なんてしねーよ。教えるっ言《つ》っても常識的な範囲だっつーの」

その言葉に、史季は少しだけ安堵《あんど》しかけるも、

「今からやることも、とりあえず史季がどんだけ動けるか確かめるために、ちょっとスパーリングっぽいことするだけだから」

「それあんまり『ちょっと』って感じがしないんですけど⁉」

「ほんとにちょっとだよ。史季はいくらでも本気で仕掛けていいけど、あたしは……」

言いながら、夏凜《かりん》は史季の肩を軽くタッチする。

「これくらいでしか反撃しねーから」

その説明に、史季は別の意味で口ごもってしまう。

黙り込んだこちらを見て、夏凜は眉根を寄せた。

「んだよ。まさか、このやり方でもスパーリングはこえーってか？」

「いや……そうじゃないけど……小日向さんに向かってこんなこと言うのは生意気かもしれないけど……女の子に向かって、パンチとかキックとかやるのは、ちょっと……」

「だいじょーぶだいじょーぶ。絶対に当たんねーから」

「当たる当たらないの問題じゃなくて……その……純粋に嫌なんだ……女の子に危害を加えるような真似をすること自体が……」

「要するに、性分の問題ってわけ？」

首肯を返すと、夏凜は深々とため息をついた。

「ったく、今からケンカを習う相手にそれかよ」

「ご、ごめん……」

「謝んな謝んな。むしろ褒めてんだよ。春乃《はるの》を助けた時もそうだけど、自分よりもつえーってわかってる相手に我《が》を貫き通すことなんて、なかなかできることじゃねーからな」

「そ、そうですよ！　わたしなんて恐い人を前にしたら恐くて声を出すことしかできませんから！」

「それはそれで意外とできることじゃねーからな、春乃」

今日何度目かの苦笑を漏らしてから、夏凛は史季に言う。

「わかった。なら史季も殴る蹴るじゃなくて、あたしにタッチするって形式ならどうだ？」

「それならできそうだけど……」

返事が煮え切らないものになってしまったのは、その形式だと別の問題が生じることに気づいてしまったせいだった。

その気づきが顔に出てしまったのか、夏凛はニンマリと笑い、自身の胸を指さしながら言う。

「タッチする場所はどこでもいいからな。なんだったら、うっかりここ触ったっていいんだぞー？」

言葉の内容が内容な上に、あまり見透かされたくなかった内心がもろバレしていたせいもあって、史季の頰に朱が差し込む。

「か、からかってない？　小日向《こひなた》さん」

「まー、ちょっとな」

チロリと舌を出す。

その仕草がかわいらしくて、ついそれだけで許してしまっているあたり、自分で思っている以上に僕は単純な人間なのかもしれないと、頭を抱えそうになる史季だった。

「つーわけで、あたしらはスパーリングごっこしてっから、春乃は足音が聞こえたらすぐに報《しら》せてくれよな」

「はい！」

元気よく返事しながらも、春乃は部屋の隅にあるロッカーから箒《ほうき》を三本取り出し、自分からも史季たちからも取りやすい位置に置いてから、入口の扉のそばへ移動する。

史季は掃除を条件に、この予備品室を使うことを許されている。

ゆえに、もし教師が備品を取りに来た際は、直ちにケンカレッスンを中断して掃除をしている体《てい》を装《よそお》うことで誤魔化すという手筈《てはず》にしていた。

史季のみならず夏凛たちがいることに関しては、手伝ってくれるようになったとか何とか言って教師に納得してもらうしかない。

もっとも夏凛が学園内の不良どもをシメたことで、今までに比べて格段に授業が捗《はかど》るようになったこともあってか、教師間においても小日向派に対する評判は悪くないので、そう分の悪い話ではなかった。

「じゃ、いつでも適当に始めていいぜ。史季」

柔道や剣道のように開始線につくわけでもなく、ボクシングのようにゴングが鳴るわけでもなく、夏凛はプラプラとした足取りで部屋の中央に向かいながら事もなげに言う。

おそらくは「よーいどん」で始めない気構えも含めて、ケンカレッスンはもう始まっているのだろう。

しかし、タッチするだけとはいえ自分から仕掛けるという行為に、史季はどうしても躊躇《ちゅうちょ》してしまう。夏凛が堂々とこちらに背中を向けているから、なおさらに。

「およ？　来ねーのかよ？」

半顔だけ振り返らせながら訊《たず》ねてくるも、

「あーでも、そうか。いきなりやれって言われても、やりにくいか。そっちからタッチしようとしてるとこ知らねー奴《やつ》に見られたら、セクハラ現場みたいになっちまうしな」

ケラケラと笑う夏凛に「笑い事じゃないよ！」と思わずツッコんでしまう。

「ここじゃ見られる心配なんてねーから、いいじゃねーか。けどまー、そうだな……やりにくいってんなら、こっちから仕掛けるってのはどうだ？」

「う、うん……その方が、まだやりやすいかも」

「なら、決まりだな。とりま額をタッチしに行くから、反応できるなら反応しろよ」

わざわざ触る箇所を宣言するなんて、いくら何でもハンデが過ぎるんじゃ——と、思った直後の出来事だった。

「え？」

いつの間にか目の前まで夏凛が迫っていたことに、史季は瞠目《どうもく》する。

「ほいっと」

夏凛の右手が霞《かす》んで見えたのも束《つか》の間《ま》、ペチッという音とともに額をタッチされ——視界にいたはずの彼女の姿が消え失《き》せ《う》ていたことに、再び瞠目した。

スポーツや格闘技で、目の前にいる相手が視界から消えるという話は史季も耳にしたことがある。が、目に汗が入ったとかでもない限り、人間が視界から消えるなんてあり得ないだろうと高をくくっていた。

そのせいもあって、実際に夏凛が視界から消えてみせた事実に驚きを隠せなかった。

「ほらほらこっちこっち」

背後から夏凛の声が聞こえてきたので慌てて振り返るも、その時にはもう彼女の姿は視界から消え失せていた。

「これでわかったろ？」

今度は横合いから声が聞こえてきたので振り向くと、少し離れた位置で足を止めている夏凛の姿をようやく視界に収めることができた。

「死ぬ気で追わねーと、タッチするどころか、あたしの動きを追うことすらできねーぞ」

速さや身のこなしという点においては、自分と夏凛とでは天と地ほども差があることを痛感させられた史季は、首肯を返してから意を決して突撃する。

フック気味に手を振るって肩をタッチしようとするも、

「おっと」

上体を後ろに反らすだけであっさりとかわされてしまう。のみならず、再びペチッと額をタッチされてしまう。

そこから先はもう一方的だった。史季がどれだけ必死にタッチを試みても、その全てが空を切り、夏凛は何度もどころか何十度もこちらの額をタッチしてくる。

夏凛に全く触《さわ》れないという事実もさることながら、額を狙われることがわかっているにもかかわらず、一度たりともかわすことも防ぐこともできていない事実には、驚きを通り越して戦慄すら覚える。

もしこれが実戦《ケンカ》だった場合、こちらの攻撃は夏凛にかすりもせず、夏凛の攻撃は一方的にこちらを捉えていることになる。

聖ルキマンツ学園を統《す》べる〝女帝〟の凄《すご》さを、改めて体感している心地だった。

史季の息が切れてきたところで、夏凛はスパーリングごっこを一時中断する。

膝に両手をついて荒い呼吸を繰り返す史季に、夏凛は「そのままでいいから聞きな」と前置きしてから、今のスパーリングごっこの総評を述べた。

「予想どおり、無茶なパシリで鍛えられてたから瞬発力はあるし、体力もなかなかだけど、純粋に体の動かし方がわかってないって感じだな」

「体の……動かし方……？」

「そ。小回りが利《き》いてねーとか、その辺のことは今は置いておくとして……史季ってさ、タッチをしようとした際、狙ったとこにちゃんと手がいってねーだろ？」

「そんなことは……ないと思うけど……」

「そんなことはあるんだよ。マジで。わかりやすく伝えるなら……そうだな……」

夏凛は、胸の前で左手の人差し指を立ててから言う。

「あたしの指先、指で突《つ》いてみろよ。但し、ゆっくりじゃなくて素早くな」

それくらい簡単だよ——とは、さすがに思わなかった。

指先程度の的を狙って指で突こうとしても、どうしたって微妙に狙いがズレることくらいは史季も知っている。

とはいえ、それはあくまでも多少という程度。

簡単とは言えないが、難しいと言うほどでもないというのが、史季の認識だった。

それが、この後に起きる不幸な事故の原因の一つになるとは露ほども知らずに。

「じゃあ、いくよ」

史季は断りを入れてから、夏凛の胸の前に立てられた指先目がけて、言われたとおりに素早く人差し指を突き出す。

完璧にとはいかないが、全く当たらないことなんてないだろうという、史季の見立てに反し、突き出した人差し指は夏凛の指先にかすることなくその脇を突き抜けていく。

それだけだったならば、不幸な事故は起こらなかっただろうが、

「!?!?」

先程のスパーリングごっこの疲労がまだ抜けていなかったのか、指を前に突き出した際に体が前方にふらついてしまう。

結果、人差し指を史季の想定よりもはるか前方に突き出してしまい、

ふにゅ、という感触とともに、史季の指先が夏凜《かりん》の左胸を突いた。

人差し指が、第一関節が隠れるほどにまで沈んだところで、

「ごごごごめんな――おわぁッ⁉」

慌てて夏凜の胸から指を引っこ抜くも、思いのほか足の踏ん張りが利かず、派手にすっ転んでしまう。

一方の夏凜は、たっぷりと一〇秒ほどフリーズしてから、

「さささささっきも言ったろ。うううぅっかりここ触っても、いいいいんだぜって」

髪色以上に顔を真っ赤にしながらも、面白いほど動揺した物言いで余裕ぶった言葉を吐いた。

「だ、だからこれくらい何ともねーし、謝られるほどの話でもねーし」

などと余裕ぶった言葉を吐き続ける夏凜に、春乃から無邪気な邪気が飛んでくる。

「実は着痩せするタイプだってことを、史季先輩に教えてあげたんですね！　先輩！」

「それフォローか⁉　フォローのつもりか⁉」

「はい！　もちろんです！」

元気よく肯定する春乃《はるの》に、さしもの夏凛も頭を抱える。

一方史季は「実は着痩せするタイプ」という言葉を脳内から振り払うのに、いっぱいいっぱいになっていた。

「えーっと……まー……なんつーか……アレだ……これでわかったろ？　人間ってのは、自分で思ってるほどちゃんと体を動かせてねーってことが」

無理矢理なかったことにしようとする夏凛に乗っかる形で、史季は首肯を返す。

「まさか、かすりもしないなんて思わなかったよ」

「まー、スパーリングごっこの疲労が残ってたせいもあるだろうけど……」

などと言ってしまったせいで、先程の不幸な事故を思い出してしまったのか、引きつつあった赤色が夏凛の顔に舞い戻ってくる。

少しでも色合いを薄くしようとしているのか、フルフルと首を左右に振るも、無駄な抵抗にしかなっていなかった。

「と、とにかくだ！　体の動かし方を覚えるには、体を動かしまくって体に覚え込ませるしかねー。だけど、だからって何も考えずに適当に動かすなよ。意識して動かすのとそうでないのとじゃ、覚える早さは段違《ダンチ》いだからな」

一部言い回しが無駄にややこしかったことはさておき。

夏凛の言わんとしていることを理解した史季は、力強く首肯を返した。

「つーわけで、スパーリングごっこ再開するぞ。……但し」

それは彼女自身、意識してやったことなのか無意識のことなのか。

夏凛は両手で胸を隠しながら、少しばかり揺れた声音で言葉をついだ。

「もううっかりでも触んじゃねーぞ。あれくらいでギャーギャー言うほどガキじゃねーけど、だからって自分を安売りする気もねーからな」

そんな物言いと仕草を前にしたせいか、唐突にうるさくなった心臓の鼓動は、飛び跳ねんばかりのやかましさだった。


もう一セット、スパーリングごっこを終えたところで今日のケンカレッスンは終了し、ここから先は史季による勉強会《スタディレッスン》が始まることとなる。

予備品室で勉強会を行うのは、勉強しているところを誰かに見られたくないという、夏凛の意向を汲《く》んでのことだった。

突然教師がこの部屋にやってきた場合においても、遊んでいると思われかねないケンカレッスンとは違い、隠れて勉強をしているだけならば大目に見てもらえる可能性が高い。

そうした思惑もあって、勉強会も予備品室で行うことにした次第だった。

床にマットを敷き、机代わりの跳び箱を用意したところで、史季は夏凜に訊《たず》ねる。

「小日向《こひなた》さんは、どの科目が得意で、どの科目が苦手なの？」

「えーと、アレだな……得意なもんもなければ苦手なもんもねーな」

などと言ってはいるが、夏凜の目は面白いほど泳いでいた。

だからこそ、史季は得心することができた。

「なるほど。満遍なく苦手というわけか」

「に、苦手ってほどじゃねーよっ。ただちょっと赤点を行ったり来たりしてるだけだっつーのっ」

なんともダメダメすぎる認識である。まずは認識《そこ》から変える必要があると思った史季は、夏凜のためにも心を鬼にして指摘する。

「赤点を行ったり来たりしている時点で、それはもう充分苦手の範疇《はんちゅう》だよ。小日向さん」

「嘘《うそ》……だろ……」

仲間に裏切られた悲劇のヒーローよりも衝撃を受けているような反応だった。

偏差値三〇台の聖ルキマンツ学園で留年しかけていた時点で、ある程度は覚悟していたつもりだったが、これは思っていた以上に重症かもしれないと史季は気を引き締める。

「ちなみに、桃園さんはどの科目が得意で、どの科目が苦手なの？」

今度は、夏凜の隣に座っている春乃に矛先を向ける。

史季が夏凜に勉強を教える話をしたところ、春乃の方から自分も教えてほしいと言い、一緒に勉強会をする流れになった次第だった。

とはいえ史季自身、春乃にはあまり教えられることはないだろうと思っている。

ドジがひどいというだけで、医者の娘であり、どこをどう見ても不良には見えない春乃が、聖ルキマンツ学園の勉強について行けていないとは思えない。

おそらくは学園の勉強のレベルが低すぎるから、一学年上の勉強がしたいとか、そんな理由で勉強を教えてほしいと言ったのだろう——とか思っていたら、

「得意な科目は保健体育です！」

まさかすぎる返答に、史季は思わず夏凜と顔を見合わせてしまう。

「ま、まあ……桃園さんは医者の娘だし……」

「そ、そうだよな！　そういう意味じゃねーよな！」

そういう意味がどういう意味なのかは、さておき。

無駄に狼狽《うろた》えている二人を見て、春乃は何かに気づいたように「あ……」と声を漏らし、

頰を赤らめた。

え？　マジでそういう意味？——と、史季と夏凛は揃《そろ》って瞠目《どうもく》してしまう。

夏凛すら知らなかった、春乃の知ってはいけない一面を知ってしまった瞬間だった。

「つ、次は！　苦手な科目を聞かせてもらおうかな！」

何もなかったことにした史季は、無理矢理次の話題に進む。

「そ、そうだな！　それがいいな！」

どうやら夏凛も同じことを考えていたらしく、すぐさま話の流れに乗っかってくる。が、

ここでもまた、春乃のまさかすぎる返答が炸裂《さくれつ》した。

「残り全部の科目が苦手です！」

再び、夏凛と顔を見合わせてしまう。

「さ、差し支えなければ、中学校の時の定期テスト、大体でいいから平均で何点くらいだったか教えてくれる？」

縋《すが》るような思いで訊ねるも、春乃の返答はどこまでも元気で、どこまでも予想外だった。

「調子が良ければ二桁を超えることがあります！」

三度《みたび》、夏凛と顔を見合わせてしまう。お互い、先の二回よりも真顔になっていた。

勉強ができないという点では夏凛も大概に重症だったが、春乃はそのはるか上——では

なくはるか下。最早《もはや》危篤と言っていいレベルだった。

ここまでひどいと、春乃が自ら進んで聖ルキマンツ学園に入学したのではなく、アホの子すぎて学園《ここ》以外に入学できる高校がなかったのではないかと勘ぐりたくなってくる。

「……史季。そろそろ始めようぜ」

「……そうだね」

ここでも何もなかったことにした二人は、粛々と勉強会の準備にとりかかった。

「で、何から教えてくれんだよ？」

鞄《かばん》から筆記用具と、跳び箱の上でも文字を書けるようにするための下敷きを取り出しながら、夏凜が訊ねてくる。

「一応、国語と数学と英語の問題集を持って来たけど……」

鞄から三冊の問題集を取り出して見せると、夏凜が露骨に不服そうな表情を浮かべた。

「それ全部、一年ん時に使ってたやつじゃねーか。二年のやつ出せ二年の」

身の程を全くわかっていない発言を聞いて、史季は無意識の内に微笑を浮かべる。雰囲気としては、頭に「暗黒」がつきそうな感じの微笑だった。

「小日向さん。一年生の時に赤点を行ったり来たりしてた人が、いきなり二年生の問題集をやってもできるわけがないと思わない？」

当人すら意識していない謎の迫力を前に、夏凛は「お、おう……」と気圧《けお》されたような返事をかえす。

「それに一年生の問題集なら、桃園さんもついて行けるだろうし。……たぶん」

最後の言葉は蚊の鳴き声よりも小さく、誰の耳にも届くことはなかった。

それから夏凛と春乃の意向を聞き、今日のところは国語のレッスンを行うことに決める。

レッスンを受ける人間が二人いる以上、問題の答えを口頭で言わせるわけにはいかないので、答えは各々《おのおの》のノートに書くという形式でレッスンを開始する。

「まずは、この問題からいってみようか」

そう言って提示した問題は、

『太郎が不倫を認めた。その事実に激しい怒りを覚えた花子は「　　」した』

という例文の後に『「　　」に入る言葉は次のうちどれか？』と書かれた、選択問題だった。

選択肢は①「太郎にキス」、②「太郎を糾弾」、③「太郎をぶっ殺」の三つ。

不良にも勉強に興味を持ってもらうためか、聖ルキマンツ学園の教師陣の頭がおかしいだけなのか、一つツッコみどころ満載な選択肢が入っている上に、文脈的にあり得ない選択肢が入っているため、実質一択に等しい問題だった。と言いたいところだが。

「史季先輩！　大変です！　選択肢が三つしかないのに『5』が出ちゃいました！」

いったい何のことを言っているのかと思いながらも春乃の方を見やり、ギョッとする。

春乃のノートの上には、尻側を削って数字を書き込んだ鉛筆がぽつねんと転がっていた。

彼女が、テストの最終奥義《おうぎ》〝鉛筆転がし〟を実行したのは明白だった。

勉強会なのに運に頼ったら意味がないよとか、シャーペンは使わないのとか、言いたいことは多々あるけど。

春乃が言っていた「調子が良ければ二桁を超えることもあります」という言葉が、運を指していたことに気づいてしまった史季に、そんな諸々にまで気を回す余裕はなかった。

「なーなー、史季。答えってこれだよな」

夏凜《かりん》が答えを書いたノートを見せてきたので、強引に頭を切り替えて確認し……頭を抱えそうになる。

ノートには、「④太郎に腹パン」と書かれていた。

三つしかない選択肢が、四つに増えていた。

「②は漢字が読めねーし、③はいくらなんでもやりすぎだからな。腹パンくらいが妥当だろ」

うんうんと得意げに頷《うなず》く夏凜に、史季の目が遠くなる。

思った以上に前途多難であることを痛感した史季は、勉強会なのに自分の頭で考えなかったり、勝手に選択肢を増やしたりする二人をやんわりと注意した。

その際、自分がどんな顔をしていたのかは知らないけれど、春乃《はるの》だけではなく、夏凛からも「ちょっとコワい」と言われた。


翌日。

その日のケンカレッスンは、体の動かし方を覚えるという意味では昨日と同じだが、性質という点では大きく異なっていた。

昨日が全体的な体の動かし方だとすれば、今日は攻撃的な体の動かし方――つまりは人の殴り方、蹴り方の話だった。

「まずは、できるだけ高い位置を狙って、思いっきりこいつを蹴ってみてくれ」

予備品室の中央に移動させた、スタンドタイプのサンドバッグを鉄扇で指し示しながら、夏凛は言う。

史季はサンドバッグの前に立つと、以前夏凛が川藤を一発KOしたハイキックを脳裏に浮かべ……うっかり思い出しかけた白い布地については脳裏の隅の隅へ追いやってから、サンドバッグに回し蹴りを叩《たた》き込んだ。

ハイキックのつもりが見事なまでのミドルキックになってしまったのは、半ば予想していたことだが、

「わっ！　凄《すご》いです！」

春乃が驚きの声を上げるほどのサンドバッグの跳ねっぷりは、予想をはるかに超えていた。

「これでわかったろ？　史季の脚力が、どんだけすげーか」

鉄扇でパタパタと煽《あお》ぎながら訊ねてくる夏凜に、首肯を返す。

彼女の言うとおり、自分の脚力の凄さをいまいち理解していなかった史季といえども、実際に目の前でサンドバッグが派手に跳ねる様を見れば、否《いや》が応《おう》でも実感できる。

「蹴り足の高さに関しては、風呂上《ふろあ》がりにでも股割りとか柔軟体操を毎日続けてりゃ改善できるから、しっかりやっとけよ」

「う、うん」

「そんじゃ、お次はパンチの方を見せてもらおっか」

再びサンドバッグの前に立った史季は、夏凜に言われたとおりに、持てる力を振り絞ってサンドバッグを殴りつける。

直後、ペチッという情けない音とともにサンドバッグがちょっとだけ揺れた。

悪い意味で予想をはるかに超えたパンチ力に、ちょっと泣きそうな史季だった。

「大丈夫ですよ！　わたしだったら揺らすこともできませんから！」

「これからこれから」

そんな二人の優しさが、心に染《し》みた。

「威力の差はともかく、パンチにしろキックにしろ重心への意識が薄いってことはよくわかった。とりま、その辺りの矯正から始めようか」

その後、手足の疲労が溜《た》まるまでサンドバッグ打ちを続け、最後に三セットだけスパーリングごっこを行《おこな》ってからケンカレッスンは終了し、勉強会に移行する。

今日は、数学をやることに決めたわけだが、

「夏凜先輩、三角形の面積の式って『半径×高さ÷2』でしたよね？」

「おいおい春乃、半径は円の面積を求めるのに使うやつだっつーの。三角形の式は『底辺×高さ÷3』だ」

そんな駄目駄目すぎる二人の会話を聞いて、史季はあろうことか感動を覚えていた。

（良かった。昨日に比べて、二人ともちゃんと問題に向き合ってる）

スタート地点に立っただけで褒めているようなレベルであることは、さておき。

史季はいつも以上に穏やかな物言いで、夏凜の間違いを訂正した。

「小日向《こひなた》さん。三角形の式は『底辺×高さ÷2』だよ」

「……マジで？」

「マジで」

同じ言葉を返すと、ガーンという効果音が聞こえてきそうなほどわかりやすく、夏凜は項垂《うなだ》れた。

どうやら三角形の面積の式に関しては、相当に自信があったようだ。

（勉強のことでショックを受けている……うん。良《い》い傾向だ）

などと満足している時点で、もうすっかり二人の駄目さ加減に毒されきっていることに気づいていない史季だった。

第四章　小日向派

ケンカレッスンと勉強会が始まってから、数日が過ぎた放課後。

「そんじゃな。千秋。冬華」

ホームルームが終わるや否《いな》や、二年六組の教室を飛び出していく夏凛の背中を、二人の女子が見送っていた。

一人は、およそ高校生には見えない、幼女じみた外見をした女子だった。

ウルフボブの髪は金色に染めており、その色合いは川藤のような汚い金髪とは比ぶべくもないほどに鮮やかだった。

顔立ちは子供タレントを思わせるほどにかわいらしく、小学生と見紛《みまが》う小ささと相まって、小動物にも似た愛くるしさに充《み》ち満ちている。

制服のスカートは踝《くるぶし》に届く程にまで長いものの、両側ともに太股《ふともも》の中程からスリットが入っており、その隙間からはタイツに包まれた細脚が露《あら》わになっていた。

そんな小さな女子の名は、月池千秋。

〝女帝〟――小日向夏凛も含めてたった三人しかいない、聖ルキマンツ学園においては最強の派閥と呼ばれている小日向派の一人だった。

そしてもう一人は、色々な意味で千秋とは対照的な外見をした女子だった。

身長は男子の平均に迫るほどに高く、夏凛以上に制服を着崩し、惜しげもなく曝《さら》け出《だ》した胸元は豊満の一語に尽きるものだった。

夏凛よりもさらに短いスカートは、ちょっとした拍子で下着が見えそうな案配になっている。

髪は背中にかかるほどにまで長く、質と色はややクセのある亜麻色。

目は本当に開いているのかと疑いたくなるほどに切れ長で、頬には、蠱惑《こわく》的な肢体とは裏腹の、聖母を思わせるほどに柔和な笑みを湛《たた》えていた。

パッと見はすっぴんに見えるが、注視すれば、薄い唇を筆頭にしっかりと化粧を――俗に言うナチュラルメイクを――施しているのが見て取れた。

そんな色々な意味で千秋よりも大きな女子の名は、氷山冬華。

彼女もまた小日向派の一人で、〝女帝〟と呼ばれる以前から夏凛の背中を千秋と一緒に守ってきたという話は、学園内でも語り草になっている。

もっとも冬華の場合、学園の内外で彼氏と彼女が大勢いることや、校内の風紀を乱すという点においては他の追随を許さないという意味でも語り草になっているが。

下着が見えるのもお構いなしに足を組んで机に座っている冬華が、だらけきった姿勢で椅子に座っている千秋に話しかける。

「ね～ね～、ち－ちゃん。りんりんってば、男の子を囲うことに、すっかりハマっちゃってるみたいね～」

見た目どおりに色っぽい声音の冬華に対し、千秋は見た目どおりの幼女声《ロリボイス》で応じる。

「男囲うとか言うのはやめとけ。夏凛の奴《やつ》、ぜってぇ調子に乗るから」

「りんりん好きだものね～。遊び慣れてそうとか～、経験豊富そうとか～、とにかく悪ぶってる感じに見られるの」

「だからって……え～っと……夏凛の奴、折節とか言ってたっけ？　とにかくそいつのこと、ウチらに会わせてくれねぇのは、ちょっと水臭ぇとは思わねぇか？」

「それこそ、男の子を囲う楽しさに目覚めちゃったってことじゃな～い？」

「テメェじゃねぇんだから。そもそも春乃のやつも一緒だし」

「あら？　はるのんも一緒なの？　だとしたら、ちょ～っと水臭いわね～」

「だろ？　しかも何か、先公しか知らねぇようなとこで会ってるっぽいし。体育館に行ってるってことはわかってんだけどなぁ……」

「あらあら？　もしかして、りんりんのこと尾《つ》けたの？」

「まぁな。あっさりバレて、あっさり撒《ま》かれたけど」

「それなら～、アレを使ってみるのはどうかしら？」

千秋の小さな顔が、斜めに傾く。

「アレって何だよ？」

「ほら、去年荒井先輩たちとモメて以降、いざという時のためにお互いの居場所がわかるよう、ワタシたち三人のスマホの位置情報を共有するようにしたじゃない」

「なぁる。そいつを使えば、だいたいの目星をつけることができるな」

得心したところで、千秋はロングスカートのスリットに手を突っ込み、中からスマホを取り出す。

スカートの中にスマホを仕舞っていることについては、今は脇に置いておくとして。

早速ＧＰＳアプリを起動した千秋は、夏凛《かりん》の位置情報を確認し……目を丸くした。

「おい。夏凛の奴、ガッコの外に出てんぞ」

「あら～？」

冬華は片眉を上げ、スマホを覗《のぞ》き込む。確かに千秋の言うとおり、夏凛の位置を示す目印《ピン》は、学園の裏門を出てすぐの地点を示していた。

「これってもしかして、例の折節くんと遊びに行くって感じかしら？」

「だとしたら、やっぱ水臭ぇよなぁ」

「水臭いわね〜」

そう言って二人は顔を見合わせ、ニヤリと笑った。


現状における夏凜のケンカレッスンは、スパーリングごっことサンドバッグ打ちの繰り返しだった。

夏凜曰《いわ》く、体の動かし方を覚えると同時に、スパーリングごっこで体力を、サンドバッグ打ちでパンチとキックに必要な筋力をつけるために、退屈だろうがしばらくはこの繰り返しでいくとのことだった。

筋トレに関してはしてもしなくてもいいが、脚力を活《い》かせるハイキックを撃てるようにするために、風呂上がりの柔軟体操はしっかりやっておくようにと重ねて言われた。

もっとも筋トレに関しては、ケンカレッスンを続けているだけで体のそこかしこが筋肉痛になっているため、そもそもやる余裕がなかった。

今、この時のように。

「おーおー、すっかりおじいちゃんだな」

先頭を歩く夏凛の言葉どおり、年寄りのような足取りで歩く史季は苦笑を返す。

腕と脚の筋肉痛と、それに伴う疲労感のせいで、全身が鉛のように重くて仕方なかった。

「まー実際、ぼちぼち体がバッキバキになる頃だろうなーとは思ってた。つーわけで」

言いながら、夏凛は立ち止まる。

複合型アミューズメント施設《ラウンドテン》の前で。

「今日は遊ぶぞーっ！」

「おーっ！」

春乃《はるの》が合いの手を入れる中、史季は苦笑を深めた。

然《そ》う。今日は史季が筋肉痛でケンカレッスンどころではないということで、三人は放課後、予備品室には向かわずに、繁華街にある《ラウンドテン》へ向かったのだ。

夏凛曰く、適度な運動は筋肉痛や疲労の回復に効果的ということで、《ラウンドテン》内にある、スポーツアミューズメントコーナーの《スポーチャ》で遊ぶことで、楽しみながら回復しようという話だった。

だが、今の体調が歩くことさえ少々億劫《おっくう》なせいか、どうしてもこう思ってしまう。

「『本当かー？』って言いたそうな顔してんな」

まさしく今思ったことを夏凛に言い当てられ、史季は思わずビクリとしてしまう。

「適度な運動が、筋肉痛や疲労回復に良いという話は本当ですよ。アクティブリカバリーとかアクティブレストという言葉があるくらいですから」

　春乃が突然知性的な話をし始めたことに、史季は面を食《く》らう。

　医者の娘ゆえに医療に関わる知識は豊富だということを知っていたのか、夏凛の表情は微妙にドヤっていた。偏差値三〇台の聖ルキマンツ学園の問題集に鉛筆転がしで臨んでいたことを考えると、いくらなんでもＩＱの落差が激しすぎると思わなくもない。

「あ、でも、具体的にどこまでが適度なのかとか、どういう運動が良いのかとか、詳しいことはわからないんですけど……」

　申し訳なさそうに付け加える春乃に、夏凛はヒラヒラと手を振る。

「いいっていいって。どれくらいが適度かは史季に判断させるから。これはケンカに限った話じゃねーけど、自分の状態は正確に把握できるに越したことはねーからな。あたしみたいに」

　自分のことをズビシッと親指で指し示し、真顔で言葉をつぐ。

「白状すると、あと一日勉強してたら、あたしの頭は爆発してた。だから今日は、あたしの頭にも休養をくれ！」

「あ、わたしも限界でした！」

春乃まで加わり、史季の頬に苦笑が舞い戻る。

繁華街まで来た以上、どうせ今日は勉強会はお流れになるだろうと思っていたので、二つ返事で「わかったよ」と返した。

それから三人は受付を済ませ、無料のレンタルシューズに履き替えると、《スポーチャ》のフロアに足を踏み入れる。まずはどんなアトラクションがあるのかを確認するために、フロアを歩き回っていると、

「先輩！　アレ！　わたしアレやってみたいです！」

春乃が子供のように目を輝かせながら指差したのは、巨大な透明の球体――バブルボールの中に入った人たちがサッカーを行《おこな》っているコートだった。

「バブルサッカーか。確かにアレなら春乃でもできそうだし、良《い》い感じに〝適度な運動〟になりそうだな、史季？」

横目を向けながら、夏凛が訊《たず》ねてくる。

バブルボールには空気が詰まっており、それ自体がクッションの役割を果たしているため、転び方にさえ気をつければ、そうそう怪我《けが》をすることはない。

何より純粋に面白そうだと思ったので、史季は迷うことなく首肯を返した。

先にバブルサッカーを楽しんでいた集団が終わり次第、入れ替わる形でコートに入る。

バブルボールには上下を貫く形で空洞が造られており、そこに人が入り込む仕組みになっている。

空洞内に取りつけられた肩紐《かたひも》を装着してバブルボールをランドセルのように背負い、同じく空洞内に取りつけられた取っ手を握って膝が立ち上がる——という手順を、春乃一人でやらせるのは不安があったので。史季と夏凛は、二人がかりで春乃をバブルボールに入れ、立ち上がらせてから、自分たちもバブルボールの中に入った。

三人だとチーム分けが面倒になるところだが、史季は体がバッキバキでまともに動ける状態ではなく、春乃は言わずもがなということで、自然と史季・春乃の二人チーム対夏凛の一人チームという形に落ち着いた。

「そんじゃ、始めよーぜ」

一人チームということで、夏凛先攻でゲームを開始する。ドリブルで突っ込んでくる夏凛に対し、史季と春乃はバブルボールの大きさを利用して壁をつくるも、

「おりゃーっ」

夏凛は迷うことなく、史季と春乃の間に目がけて体当たりをぶちかました。

特攻に等しい勢いとバブルボールの質量が合わさった威力はなかなかのもので、史季と春乃はあっさりと吹っ飛ばされ、ゴロンゴロンとコートを転げる。

体当たりを敢行した夏凛も無事では済まず、史季たちと同じようにゴロンゴロンとコートを転げた。が、さすがというべきか、起き上がるのは誰よりも早く、こぼれたサッカーボールをすぐさま回収し、ゴールを目指してドリブルを再開した。

遅れて立ち上がった史季はすぐさま追うも、あともう少しで追いつけるというところで、こちらの接近を察知した夏凛がシュートを放ち……惜しくもゴールポストに弾《はじ》かれる結果に終わる。

「あーっ！　くそっ！」

と、夏凛が悪態をついている隙に、こぼれたボールを回収した史季は、

「桃園さん！」

ようやく立ち上がった春乃の、そのさらに前方目がけてボールを蹴り飛ばした。

「しまったっ⁉」「任せてくださいっ！」

夏凛と春乃の声が重なる中、疲労と筋肉痛の二重苦にあってなお強力なキック力によって蹴り飛ばされたボールが、夏凛側の陣の奥へと転がっていく。

ボールに向かって春乃が走り出し、バブルボールごと方向転換するのに少しだけ時間をロスした夏凛が、春乃を追って走り出す。

夏凛は持ち前の身体能力をもってみるみる距離を詰めていくも、春乃がボールに辿《たど》り着《つ》

く方がわずかに早——

「あっ⁉」

あともう少しでボールを確保できるというところで、春乃がド派手にずっこける。

ゴロンゴロンとコートを転がっていった春乃は、勢いをそのままにゴールネットに突き刺さった。

そのあまりの惨状に、夏凛ともども言葉を失っていた史季だったが、春乃のスカートがあられもない有り様になっていることに気づき、すぐさま視線を逸《そ》らす。

もっともタイミングとしては手遅れもいいところで、およそ春乃に似つかわしくない、透け感のある黒のランジェリーが、しっかりと脳裏に刻みつけられた。

これにより保健体育が得意という春乃の言葉が、ますますそういう意味だという確証を得られたわけだが、史季は努めて考えないようにした。

「……史季」

こちらに体を振り返らせた夏凛が、微妙に頬を引きつらせながら言う。

「これ、スカートでやるようなやつじゃねーな」

今さらすぎる気づきを得た結果、今日のところはバブルサッカーはやめておいた方が良いという意見で三人は一致し、違うアトラクションを求めてコートを後にした。

その際。

物陰から怪しげな視線がこちらを見つめていたけれど、史季は露ほども気づくことはなかった。


それから史季たちは、様々なアトラクションを堪能《たんのう》した。というか、堪能しすぎた。

（ちょっと、適度な運動の範疇《はんちゅう》を超えてるかも……）

用を足すために一人、男子トイレを訪れていた史季は、手を洗いながらも反省する。

疲労や筋肉痛の回復のためという名目で《スポーチャ》に来たというのに、楽しくてついはしゃぎすぎてしまった。

（いや、だって……女の子と遊ぶのなんて初めてだし……）

そんな言い訳をしながらも、ハンカチで濡《ぬ》れた手を拭い、トイレを出たところで、

（って、よくよく考えたら、こうして女の子と遊ぶの初めてだよね⁉　僕⁉）

とんでもなく今さらすぎる気づきを得た史季は、無駄にあたふたし始める。

だが、本当の意味であたふたさせられるのは、これからだった。

「アナタが史季くんね〜」

背後から、いやに色っぽい女子の声が聞こえてきたのも束《つか》の間《ま》、
首筋に息を吹きかけられ、思わず珍妙な悲鳴を上げてしまう。

「ひょわっ⁉」

その隙に女子が背後から史季に抱きついてきて……背中から伝わる未知だけどその正体が何なのか一発でわかる二つの弾力に思考がショートする。

というか、少しでも思考を巡らせると下腹部の血流が大変よろしい有り様になってしまいそうなので、ショートせざるを得なかった。

代わりに顔面の血流が良くなったのか、耳まで真っ赤になっている史季を見て、女子は楽しげに笑う。

「うふふ、もしかしてこういうの初めて？　かわいいわね〜」

史季の背中に胸を押しつけたまま、こちらの右肩に顎を乗せてくる。

史季は石像のように硬直しながらも、吐息が届くほど近くにある女子の顔を横目で見やる。

亜麻色の髪に、切れ長の瞳、そして聖ルキマンツ学園の制服。

これだけの特徴を確認できれば、背後から引っ付いてきた女子の正体は、史季にとって
――いや、聖ルキマンツ学園の生徒にとっては自明に等しかった。

（氷山冬華さん⁉　まさか、小日向《こひなた》さんがここにいることを知――ッ⁉）

再び、思考がショートする。

舐《な》められたのだ、首筋を。味見でもするかのように。

「うんうん、悪くないわ～。これならこっちの方も期待できそうね～」

史季の体の表面をなぞるように這《は》わせていた両の指が、生きた蛇のように股間に伸びようとしたその時、

「いい加減にせぇ」

幼女じみたかわいらしい声が聞こえたのも束の間、バチッという音とともに冬華が「あぁん♥」と嬌声《きょうせい》を上げて倒れ伏す。

「すまんな。ウチんとこの色魔が迷惑かけて」

分別を感じさせる物言いで謝ってきたのは、声音どおり幼女じみた外見をした、聖ルキマンツ学園の制服に身を包んだ女子だった。

そんな外見に加えて、ウルフボブの金髪に、スリットの入ったロングスカート、さらには冬華を昏倒《こんとう》させた元凶である、警棒に似た形をしたスタンガン――スタンバトンを握っている時点で、彼女の正体もまた聖ルキマンツ学園の生徒にとっては自明だった。

（やっぱり月池千秋さんだ！　というか、スタンガンって密着してても人から人に感電しないの⁉）

よくよく考えたら、護身用である以上取っ組み合いになった状態でも使えないようでは何の意味もない。そのことを鑑《かんが》みれば、人から人に感電しないのは自明の理だが、正直あまり知りたいとは思わない理《ことわり》だった。

「ひどいわ、ちーちゃん。公衆の面前で電流プレイなんて」

上体を起こし、科《しな》をつくりながら冬華は抗議する。

夏凛《かりん》以上に制服を着崩しているせいで、胸元やら下着やらがチラチラと見えてしまっているものだから、草食動物全開な史季からしたら目のやり場に困って仕方なかった。

「公衆の面前で破廉恥な真似《まね》をするテメェが悪い。つうか、プレイってなんだプレイって」

「もちろん言葉どおりの意味よ～」

「今度は電圧マックスでかましたろか、こら」

などとなんとも口が悪い千秋だが、耳が蕩《とろ》けそうなほどの幼女声《ロリボイス》なせいで、迫力がないを通り越して微笑《ほほえ》ましさすらある。

実際、千秋と話している冬華の表情は、それはもうニッコニコだった。

「やっぱ、おまえらだったか」

不意に、夏凛の呆《あき》れかえった声が耳朶《じだ》に触れる。

声が聞こえた方を見やると、そこには夏凛は勿論《もちろん》のこと、春乃《はるの》の姿もあった。

「千秋先輩！　冬華先輩！」

嬉《うれ》しそうに手を振る春乃に、千秋と、ようやく立ち上がった冬華が二人揃《そろ》って手を振り返してから、二人揃って夏凛に抗議し始める。

「で、夏凛。ウチらを除《の》け者《もの》にしてよろしくやってるたぁ、どういう了見だ？」

「そうよ～、りんりん。水臭いじゃな～い」

夏凛はため息をつき、懐《ふところ》から取り出した鉄扇で自身を煽《あお》ぎながら史季に訊《たず》ねる。

「っていう感じの奴《やつ》らだけど、大丈夫そうか？　史季」

夏凛が、不良が苦手なこちらのことを気遣って、もう少し不良に慣れてから千秋と冬華に会わせようとしていたことは、史季も知っている。それゆえの問いだということはすぐに理解できたので、素直な気持ちを答えることにした。

「う、うん。ただ、小日向さんが言っていた以上に強烈な人たちだとは思ったけど」

ただ少々素直すぎてしまったらしく、夏凛が思わずといった風情《ふぜい》で「ぶふっ」と噴き出した。

言われた当人たちはというと、

「あらあら。言われてるわよ、ちーちゃん」

「いや、八割くらいはオマエのせいだからな？」

自分の方がマシだと言わんばかりに〝強烈〟を押しつけ合っていた。

言ってから（やってしまった）と心の中で思っていた史季も、これには閉口するばかりだった。

「わたしもそう思います！　史季先輩！」

などと、春乃が元気よく同意してくるものだから、なおさらに。

「まー、バカ話はこんくらいにして……千秋。冬華。アレ、どう思うよ」

夏凛は鉄扇を閉じ、その先端を使ってそれとなく背後を指し示す。鉄扇が示した先では、学ランを着た二人の男子が自販機の前で屯《たむろ》し、チラチラとこちらの様子を窺《うかが》っていた。

「あの制服、今北《いまきた》商業のやつだな」

千秋の言葉に、夏凛は「今北？」と眉をひそめる。

「ほら、新年度に入ってすぐに、学園《ウチ》の一般生徒《パンピー》にちょっかい出してきて、夏凛が一人でボッコボコの返り討ちにした奴らいただろ？　そこのガッコの連中だよ」

「あー……あたしを倒して名を上げるとか言って、関係ねー奴を巻き込みやがった不良《バカ》どもか」

「てゆ～ことは、狙いはりんりんってことになるわね～」

「そうなるよな。しかもこれ、ぜってー一人じゃねーだろ。ぜってー仲間呼んで、出入口あたりで待ち構えてるパターンだろ」

「だろな」「でしょ～ね～」

あっさりと同意する千秋と冬華に、夏凛はガックリと肩を落とす。

急に会話が不良らしくなったことに、史季は勿論、春乃もついていけていなかった。

「ブチのめすのは簡単だけど、《ラウンドテン》ではあんま問題起こしたくねーんだよな。学園《うち》の不良《バカ》どもがバカやらかしてるせいで、学園《うち》の制服着たままで遊べるとこ減ってきてるし」

夏凛の言葉に、千秋は「うんうん」と頷《うなず》く。

「個人で出禁にされたら、それこそ最悪だしな」

「でもさすがに、向こうもお金払ってまでケンカ売りには来ないんじゃないかしら？　ここでりんりんを見つけたのも、たぶん偶然だろうし」

冬華の言葉に、千秋はまたしても「うんうん」と頷く。

「初めから尾けてたら、こないだのウチみたいに即行で夏凛にバレてたはずだからな」

こないだとは、予備品室へ向かおうとしていた夏凛を、千秋が尾行していた件を指した言葉だった。

夏凛は「たりめーだ」と言ってから、千秋と冬華に訊ねる。

「つーか、実際問題どうするよ？　《スポーチャ》には入ってこないっつーだけで、フロアを出たら、ぜってーあいつらのお仲間が待ち構えてんぞ」

あいつらこと二人組の学ラン男子を、再び鉄扇で指し示す。

夏凛たち三人は、揃って「う〜ん」と難しい顔をする。

話についていけていない春乃も、三人の真似をして「う〜ん」と難しい顔をしていた。

そんな中、話そのものにはついていけていた史季は、差し出がましいとは思いながらもおずおずと手を上げ、おずおずと訊ねる。

「つまりは、フロアの外で待ち構えているかもしれない不良たちを、別の場所に移動させられたらいいんだよね？」

「それができたら苦労しねぇって話なんだけどな」

ため息混じりに言う千秋を、夏凛は片手で制し、至極真剣に訊ね返す。

「あるのか？　何か良《い》い手が？」

「良い手って程じゃないし、もしかしたらいけるかもって話だけど……」

自信なさげに言う史季を前に、夏凛は千秋と冬華に視線を向け、二人揃って首肯を返してくるのを確認してから言う。

「聞かせてくれ」

◇◇◇

今北商業高校三年の不良――吉村《よしむら》は、逸《はや》る気持ちを抑えながらも〝ルキマンツの女帝〟と、その取り巻きたちを見張っていた。

「仲間が増えやがった時は、こっちの動きがバレちまったのかと思ったけど、どうやらあの二人、俺たちと同じようにたまたま《スポーチャ》に来てただけっぽいな」

同じく今北商業の三年であり、友達《ダチ》でもある小坂《こさか》の言葉に、吉村は首肯を返す。

ちなみにあの二人とは月池千秋と氷山冬華を指した言葉であり、事実上小日向派が勢揃《せいぞろ》いになっている状況なのだが、吉村にしろ小坂にしろルキマンツの派閥に関する情報には疎《うと》いため、ただ「仲間が二人増えただけ」という程度の認識しかなかった。

「ところで小坂、出入口に集めてる人数は、今どれくらいになってる?」

「ちょっと待ってくれ……」

スマホを取り出し、LINEを起動して仲間にメッセージを送る。

ほどなくして返事がかえってきたので、小坂はスマホの画面をそのまま吉村に見せた。

「『今で一六だが、最終的には二〇を超える』か。これだけ集まりゃ、いくら〝女帝〟といえども……」

「ああ、イケると思──おい、吉村」

小坂が言葉を途中で切り、名前を呼んでくる。

その意図を察した吉村は、すぐさま〝女帝〟に視線を移し、瞠目《どうもく》する。

〝女帝〟たちが移動し始めたのだ。「関係者以外立ち入り禁止」と書かれた看板が立っている通路の奥へ。

「まさか、俺たちが人を集めてることに気づいたのか⁉」

「ど、どうするよ吉村⁉」

「追うぞ！　関係者用の出入口から逃げられちまったら、人を集めた意味がなくなっちまうからな！」

吉村は慌てて〝女帝〟たちの後を追う。

だからこそ、すぐには気づくことができなかった。

〝女帝〟の仲間が一人減っていることに。

立ち入り禁止の看板の横を抜けて通路に入る。曲がり角を曲がったところで、

「よー。あたしに何か用か？」

〝女帝〟と、その取り巻きどもが待ち構えていたことに吃驚《びっくり》しつつも、すぐさま立ち止まった。

「まさか、バレてたとはな」

「おまえそれマジで言ってんのか？　あんな露骨にチラチラ見られて、気づかないわけがねーだろが」

吉村自身は気づかれないよう細心の注意を払っていたつもりだったが、向こうからしたらバレバレだった事実に歯噛《はが》みする。

「……俺たちを、どうするつもりだ？」

「ヤーさんじゃあるまいし。別にどうもしねーよ」

〝女帝〟は肩をすくめると、ニッカリと笑って言葉をつぐ。

「あたしはな」

直後、すぐ隣から、ドサリと何かが倒れる音が聞こえてくる。恐る恐る音が聞こえた方を横目で見やると、そこには気を失って倒れ伏している小坂の姿があった。

ハメられた――と思った吉村の心を焦燥が焦がす。が、突然背後から、学ラン越しであってなお一発でそれだとわかる二つの柔らかさを押しつけられ、焦燥すらも焼き焦がされるほどに思考がショートしてしまう。

その隙に背後から伸びてきた腕が首に巻きつき、その腕先を反対側の手と合流させ、固い握手を交わすようにしてガッチリと組み合わさると、吉村の首を力の限りに絞め上げた。

完全に極《き》まってしまっているため声が出ず、代わりに頭の中で漠然と思う。

（これって……ヘッドロックとか……裸締めとか……そんな感じのやつじゃ……）

そのわずか数秒後、テレビの電源が切れるようにしてブツリと意識が途絶えた吉村は、ダチの小坂と同じように床に倒れ伏した。

声を上げさせることなく二人を締め落とした張本人――冬華は、ポンポンと両手を払いながら史季に訊ねる。

「こんな感じでいいかしら？」

あまりにも鮮やかな手並みを前に、返した首肯は少々ぎこちないものになってしまった。

実のところ、史季たちがまだ一年の頃、当時の新入生の中で夏凜《かりん》以外で話題になった人物が冬華だった。

冬華は中学で柔道部に所属していたものの、入部してから三ヶ月で退部になった。

そして聖ルキマンツ学園に入学してからも柔道部に入ったわけだが、この学園において部活は事実上、不良どもが部室というたまり場を得る口実にしかなっていない。

そのため、退部という概念は存在しないと言っても過言ではない。

にもかかわらず、冬華は退部になった挙句、謹慎処分を受けることとなった。

その理由は、不純異性交遊と不純同性交遊。

寝技が二重の意味で得意だった彼女は、柔道部の道場でナニを何した結果、入部からわずか一ヶ月で退部&謹慎となった。

ちなみに中学での退部理由も似たようなものという話らしいが、さすがに三ヶ月前まで小学生だった少女が、頭に不純がつくような交遊はしていないだろうと史季は思う。というか思いたい。

兎《と》にも角《かく》にも、退部はくらえども、冬華が柔道で培《つちか》った技術は本物。

千秋とたった二人で〝女帝〟の背中を守ってきた実力を間近《まぢか》で目の当《あ》たりにした史季は、

ただただ圧倒されるばかりだった。

「おーい、史季。見つけたぞー」

夏凛に声をかけられ、我に返る。

「ほい」

と言って彼女が渡してきたのは、気絶させた二人の不良のスマホだった。

「しっかしまぁ、なかなか面白《おもしれ》ぇこと考えつくじゃねぇか、折節」

一般フロア側の曲がり角で人が来ないかを見張っていた千秋が、横目でこちらを見やりながら褒めてくる。

史季が夏凛たちに提案した〝良い手〟とは、こちらを見張っていた二人の不良を気絶させ、回収したスマホを使って『〝女帝〟たちは関係者用の通路を使って別の出口から逃げた』と嘘《うそ》の情報を伝えることで、《スポーチャ》の出入口に待ち構えているであろう不良の仲間たちを捌《は》けさせることだった。

二人の不良を気絶させた際に生じるリスクはどうしても排除できないので、一般フロア側の曲がり角は千秋に、《ラウンドテン》のスタッフがいるであろう奥の曲がり角には春《はる》乃《の》に、見張りに立ってもらった。

二人に見張りをお願いしたのは、スタッフがこの通路にやってきた際は、見た目幼女にしか見えない千秋と、見た目不良には見えない春乃に「不良にしつこく迫られて、スタッフがいる立ち入り禁止の通路に逃げ込むも捕まってしまい、危ういところを偶然《スポーチャ》に来ていた同校生に助けられた」と泣きついてもらうためだった。

そうすれば、少なくとも出禁をくらうようなことにはならないはず――というのが、史季の見立てだった。

とはいえ、不良二人を気絶させた状況なんて見られずに済むに越したことはないので、さっさと事を終わらせるためにも、夏凜から受け取ったスマホをすぐさま起動する。

二つの内、画面ロックに指紋認証を利用している方を選ぶと、

(やってること、不良というよりもヤクザっぽいかも……)

良心の呵責《かしゃく》を覚えながらも、気絶している持ち主の指を使って画面ロックを解除。

LINEを起動すると、案の定仲間とやり取りしている様子を確認することができた。

後はメッセージを送り、《スポーチャ》の出入口から二人の不良の仲間たちを捌《は》けさせれば完了だが、

「……小日向《こひなた》さん。本当にやるつもりなの？」

「ああ、もちろんだ。今北の不良《バカ》どもは一般生徒《パンピー》にも手ぇ出すような奴《やつ》らだからな。一度ここできっちりとヤキ入れとかねーと、あたしを狙ってまた同じことをしてくるかもしれ

ねー」

「でも、LINEを見る限りだと、相手は二〇人以上いるかもしれないんだよ？」

「いや、別にそこは全然問題じゃねーけど？」

夏凛の言葉に、史季は思わず「え？」と返してしまう。

「あたし一人だけでもお釣りがくるくらいなのに、ゴチャマンが得意な千秋も一緒に行くからな」

「え？　ゴチャ？」

「あー、さすがに馴染《なじ》みがねーか。一対一のことをタイマンっ言《つ》うのは知ってるよな？　それの複数対複数バージョンだよ。とにかく、今北にはたいして強い奴もいねーから、千秋と一緒なら五倍くらいの数だろうがなんとでもなるってわけよ」

「そういうこった」

話を聞いていた千秋も同意する中、一〇〇人くらいまでなら余裕だと言わんばかりの物言いに、史季は閉口してしまう。

「つーわけだから、連中にきっちりと〝招待状〟を送っといてくれ」

最早《もはや》自分如《ごと》きがどうこう言える次元の話じゃない――そう思った史季は、LINEを使って不良たちの仲間に「〝女帝〟たちは関係者用の通路を使って地下駐車場に逃げた」というメッセージを送った。

◇◇◇

《スポーチャ》の出入口付近で屯《たむろ》していた今北商業の不良たちは、史季から送られた偽りのメッセージを受け取ると、挙《こぞ》って慌てて地下駐車場へ向かった。

一方史季たちは、気絶させた二人を男子トイレの個室に押し込んだ後、出入口の様子を窺《うかが》い、不良たちがいなくなったことを確認し次第《スポーチャ》のフロアを脱した。

史季と春乃のことは冬華に任せると、夏凛と千秋は非常階段を使って地下駐車場へ向かう。

「今回はどうするよ？　真っ正面からいくか？　それとも奇襲をぶちかますか？」

階段を下りる最中《さなか》、訊《たず》ねてきた千秋に夏凛は即答する。

「もちろん真っ正面から。力の差ってやつをわからせる必要があるからな。だから、煙玉は使うなよ？　こっちが二人しかいないってことを、不良《バカ》でもわかるようにしないといけねーからな」

「へいへい」

「あとは、まー、三分以内に片づけんぞ。いくらこの時間帯の地下駐車場が車の出入りが少ねーとはいっても、時間をかけるのはよろしくねーし、冬華たちも待たせてるしな」

「力の差をわからせるって意味でも、効果的だしな」

そうこうしている内に地下一階まで辿《たど》り着《つ》き、非常扉から地下駐車場に足を踏み入れる。

直後、

「いたぞッ！」

「〝女帝〟だッ！」

「さっさと集まりやがれッ！」

今北商業の連中は、どうやら非常扉付近にしっかりと見張りをつけていたらしく、瞬《また》く間《ま》に二四人の不良が、扉前にいる夏凜たちを半円状に取り囲んだ。

「仲間が一人だけしかいねえようだが、まあいい」

リーダー格と思《おぼ》しき茶髪の不良が、他の連中よりも少しだけ前に出ながら、勝ち誇ったように言う。

「俺たちの名を上げるのに必要なのは、お前一人だけだからな。〝ルキマンツの女帝〟」

「だから、そのダッサい渾名《あだな》で呼ぶなっつーの」

心底嫌そうな顔をする夏凜に代わり、千秋が話を進める。

「こっちはテメェらと違って忙しんだ。駄弁《だべ》ってねぇで、さっさと始めんぞ」

見た目幼女な女子高生が場を仕切ろうとするものだから、不良たちから返ってきたのは失笑ばかりだった。が、千秋がロングスカートのスリットに両手を突っ込み、取り出した二挺《ちょう》の拳銃を目の当たりにした瞬間、不良たちの笑顔が一瞬にして凍りつく。

そんな反応を楽しむように、夏凛は底意地の悪い笑みを浮かべた。

「あー、別にそんなビビらなくていいぞ。それ、エアガンだから。ただ――」

夏凛が言葉を切るのに合わせて、千秋はエアガンの引き金を絞る。二つの銃口から吐き出された鉄球弾《ベアリング》が不良たちの脛《すね》に直撃し、悲鳴じみた声を上げながら悶絶《もんぜつ》した。

「――ちょいとばかし改造されてっけどな」

夏凛は笑みを深めると、どこからともなく取り出した鉄扇で、かかってこいよと言わんばかりに不良たちを手招きする。

それが合図だった。

エアガンで脛をやられた数人を除き、不良たちが一斉に夏凛と千秋に襲いかかる。

ほぼ同時に、千秋は改造エアガンをスカートの中に仕舞い、代わりに取り出した催涙スプレーを迫り来る不良たちに向かって噴霧する。さらに夏凛が拡《ひろ》げた鉄扇で煽《あお》ぐことで、噴霧した催涙剤を効率よく不良たちの顔面に行き渡らせた。

「いってぇッ⁉」

「目が……目がぁ……⁉」

「クソがッ⁉　何も見えねえぞッ⁉」

目をやられた不良たちが、怒声や悲鳴を上げながら右往左往する。

そこから先はもう一方的だった。

ろくに身動きがとれなくなった不良たちを、夏凛が鉄扇で打ち据え、千秋が催涙スプレーと入れ替わる形で取り出したスタンバトンで電撃をお見舞いし、次々と昏倒《こんとう》させていく。

あえて残した、リーダー格の茶髪の不良ただ一人を除いて。

改造エアガンによる銃撃も、催涙スプレーもくらうことなく、無傷のまま一人取り残された茶髪は、震える手でこちらを指差しながら、震える声音で夏凛たちを非難した。

「ひ、卑怯《ひきょう》だぞ！　凶器《ドーグ》使いやがって！」

「ウチは見てのとおり、か弱いからな。それくらい大目に見やがれ」

「つーか、こっちの一〇倍以上の数を揃《そろ》えてきた奴の言う台詞《せりふ》じゃねーな」

夏凛の指摘に、茶髪は口ごもる。

一〇倍という人数差は、凶器の有無でどうにかできるものではない。

にもかかわらず、こうも一方的にやられている時点で、夏凛たちと茶髪たちとの間には、如何《いかん》ともしがたい実力差があるのは明白だった。

「まー、それでも納得できねーってんなら、あたしがステゴロで相手になってやるけど……どうする？」

ステゴロとは、素手で行うケンカを指した言葉だった。

言葉どおりに鉄扇を仕舞う夏凛《かりん》を見て、これなら勝てると勘違いしたのか、

「いいぜ……乗ってやるよ！」

我が意を得たりとばかりに勝ち誇った笑みを浮かべた茶髪が、返事と同時に殴りかかってくる。

こちらのことを卑怯だと非難する割りにはやることが汚い茶髪の拳を、夏凛は半身になるだけで易々《やすやす》とかわし、

「がはッ⁉」

カウンター気味に放った掌底で、鳩尾《みぞおち》を強打。

体の芯を突き抜けるような鋭い一撃に、茶髪は両手で鳩尾を押さえながら膝を突き、夏凛に土下座するようにして額から床に突っ伏する。

逆流した胃液が口から垂れたのか、床には小さな水たまりができていた。

「まだあたしの首を狙う気でいるってんなら、いいぜ。いつでも……は、さすがにだりー

な……時と場所さえ選ぶってんなら、いくらでも相手になってやる。但し……」

夏凛はその場でしゃがみ込み——所謂《いわゆる》ヤンキー座りをすることで、いまだ床に突っ伏したままになっている茶髪に視線を近づけてから、凄《すご》みを孕《はら》んだ声音で告げる。

「てめーらだったかどうかは知らねーけど、今北の不良《バカ》の中に学園《うち》の一般生徒《パンピー》に手ぇ出した奴がいたよな？　もしまた同じようなことしたら、こんなもんじゃ済まさねーから、そん時は覚悟しとけよ」

絞り出すように「は……い……」と返ってくるのを確認してから、夏凛は立ち上がる。

「そんじゃ行こーぜ、千秋」

「いや、行くのは別に構わねぇけどよ。夏凛……オマエってさ、ミニスカ穿《は》いてることしょっちゅう忘れるよな」

言っている言葉の意味がすぐには理解できなかった夏凛が眉根を寄せるも、頭の中で千秋の言葉を反芻《はんすう》し……瞬く間に顔を赤くする。

「だ、だからこれは見せパンだって、いつも言ってんだろっ！」

「だったらなんで顔赤くしてんだ？」

「ちょ、ちょっと運動したから、体が熱くなっただけだっつーのっ！　つーか、さっさと行くぞっ！」

ドシドシと歩き出す夏凛に苦笑しながらも、千秋は「へいへい」と気怠《けだる》げに応じながら彼女の背中を追った。

夏凛と千秋がケンカをしている間、史季、春乃《はるの》、冬華の三人は、《ラウンドテン》に併設されているフードコートのテーブル席でお茶をしていた。

「いいのかな……こんなに寛《くつろ》いでて」

いくら二人が問題ないと断言していたとはいえ、のんべんだらりと寛いでいる今の状況に、史季は罪悪感を覚えずにはいられなかった。

「だいじょ～ぶよ、しーくん。今北商業の子たちじゃ、りんりんとちーちゃんに敵《かな》いっこなんてないんだから」

「し、しーくん……」

当たり前のように渾名をつけてくる冬華に意味もなく気圧《けお》されていると、春乃が元気よく補足説明してくる。

「ちなみに『はるのん』がわたしで、『りんりん』が夏凛先輩！　『ちーちゃん』が千秋先輩になります！　史季先輩！」

だが、少々元気が良すぎて、微妙に周囲の視線を集めてしまっていることには史季も苦笑せざるを得なかった。

（それにしても……こうもはっきりと「敵いっこなんてない」って言い切るのも、すごい話だよね）

夏凛は言わずもがな、千秋もああ見えて、聖ルキマンツ学園の中でも指折りの実力者だと言われている。

最早《もはや》説明の要もない話だが、千秋は凶器もとい、多種多様の道具《ドーグ》を使うことで体格《ガタイ》のハンデを補っている。

スタンバトンや改造エアガンのみならず、数々の道具をロングスカートのスリットから取り出す様は某ネコ型ロボットを彷彿《ほうふつ》とさせ、学園内ではいつしか四次元スカートなどと呼ばれるようになっていた。

などと考えていたところで、ふと思いつく。

「そうだ。僕が小日向《こひなた》さんにケンカのやり方を教えてもらっているのと同じように、桃園さんも月池さんに護身用の武器の扱い方を教えてもら――」

「ダメよ！　しーくん！」

珍しくも、冬華が逼迫《ひっぱく》した声を上げる。

「そんなことをしたら、今度こそはるのんが死んでしまうわ！」

まさかすぎるワードに、驚愕《きょうがく》を露《あら》わにしていた史季だったが、

「あ、それってわたしが、ちょっとだけ心停止した時の話ですよね」

朗らかにとんでもない事実を口走る春乃に、史季の頬が盛大に引きつった。

「スタンバトンの使い方を教えていた時に、ちょっとね……」

「アレは不幸な事故だった……そうは思わねぇか、夏凜？」

「ああ。春乃は何も悪くねー。悪いのはたぶん、ほら、神様とかそのへんだ」

いつの間にやら背後にいた千秋と夏凜が、当たり前のように会話に交じっていることに気づいた史季は、口から心臓が飛び出そうになる。

「も、もう戻ってきたの⁉　いくらなんでも早くない⁉」

「だから全然問題じゃねーっ言《つ》ったろ」

と言いながらも、夏凜はコーラを、千秋はクリームソーダを手に席に座る。

二〇人以上の不良を返り討ちにした挙句、ちゃっかり飲み物の注文を済ませていたことに、史季はますます驚愕するばかりだった。

「ようやっと落ち着けたことだし、そろそろ聞かせろや、夏凜。ウチらに隠れて何をやってたのかを」

千秋の言葉に、冬華が片眉を上げる。

「あら？　さっきしーくんがポロッと言っちゃってたけど、どうもりんりんは、しーくんにケンカのやり方を教えてるみたいよ？」

「そうなのか？」

訊《たず》ねてくる千秋に、夏凛は「ちょっと待て」と断りを入れてから史季に訊ねる。

「史季、こいつらに話してもいいか？」

おそらくは、史季が川藤にいじめられていたことを気遣って訊《き》いてきたのだろう。

そんな彼女の優しさが胸に染《し》みると同時に、そんな彼女の友達だからこそ、これまでの経緯について話さない道理はないと思った史季は、迷うことなく首肯を返した。

そして――

「それで、夏凛がケンカを、折節が勉強を教えるって流れになったわけか」

話を全て聞き終えた千秋が、得心の声を上げる。

「なのに、今日はこんなところで遊んでいるということは～、体を酷使してお疲れのしーくんを休ませると同時に、お勉強のしすぎでオーバーヒート寸前のりんりんの頭も休ませてるといったところかしら～？」

恐ろしいほど正確に言い当てられ、史季は誤魔化すように曖昧な笑みを浮かべ、夏凛は

「う、うるせー」と力のない悪態を返した。

そんな中、突然春乃がポンと手を打ち鳴らし、

「そうだ！　千秋先輩と冬華先輩も一緒にどうです？　みんなでやれば、きっと楽しいですよ！」

ケンカレッスンのことを言っているのか、勉強会のことを言っているのか。春乃が喜々としてそんな提案をしてくる。

千秋と冬華は顔を見合わせると、

「そいつは……」

「確かに楽しそうね～」

二人してニンマリと笑った。

その笑顔を見て、史季も夏凜も（あ、これ絶対両方参加するつもりだ）と確信した。

第五章　成果

　翌日の放課後。ケンカレッスンと勉強会に参加することになった千秋と冬華は、初めて訪れた予備品室に感嘆の声を上げた。

「たまり場には最高じゃねぇか、ここ」

「そうね～。一度やってみたかったシチュエーションを味わうという意味でも、最高かもね～」

「一度やってみたかったシチュエーション？」

　史季が訊ねると、冬華は至極真面目な顔で答える。

「そう……一度やってみたかったの……跳び箱に手を突いて、バックからガンガン突――あぁん♥」

　バチッという音とともに、冬華が倒れ伏す。

　彼女の傍《かたわ》らにいた千秋の手には、いつの間にやらスタンバトンが握られていた。

「折節、今の話は気にすんな。んなバレたら一発アウトなこと、ウチと夏凛がさせねぇから」

《ラウンドテン》で初めて会った時もそうだったが、当たり前のようにスタンバトンが炸《さく》裂《れつ》する二人のやり取りに、史季は顔を引きつらせるばかりだった。

「つーか、ぼちぼち始めるぞ」

締めるところは夏凛《かりん》がきっちりと締めたところで、まずは千秋のケンカレッスンから始めることにする。

史季の疲労具合を見て、スパーリングごっこにしろサンドバッグ打ちにしろ、もう一日休んだ方がいいと判断し、代わりに、〝女帝〟の盟友——月池千秋と氷山冬華のレッスンを受けることになった次第だった。

「史季。とりあえず、コイツを被《かぶ》りな」

千秋が鞄《かばん》から取り出したのは、サバイバルゲームなどで使われているフルフェイスマスクだった。この時点でもう、あまり良《い》い予感はしない。

「つ、月池さん……これから一体何を……」

「相手の動きを予測する力と、危険を察知する勘を鍛えんだよ」

ニンマリと笑いながら、スカートのスリットからエアガンを二挺《ちょう》取り出す。

それだけで史季は、これからどのようなレッスンが行われるのかを確信した。

「ま、まさか……」

「そのまさかだ。ウチがエアガンを撃つから、オマエは死ぬ気でよけろ」

「危なくないそれ⁉」

「エアガンは普通のやつにしてるし、弾もBB弾にしてるし、マスクも被らせてるからな。全然危なくなんてねぇよ」

本当なの⁉——という視線を夏凛に送る。

「撃つのが千秋だからな。当たったらやべーとこを撃つようなヘマはしねーことは、あたしが保証する。それに、狙わせる箇所もよけにくいここだしな」

夏凛は自身の胴体の中心——鳩尾《みぞおち》のあたりを、箱から取り出したばかりのパインシガレットで指し示しながら言葉をつぐ。

「制服《せーふく》の上からなら、当たったところで痛《いた》くも痒《かゆ》くもねーよ」

「ちなみに夏服だと、良い感じに痛いからオススメよ〜」

「そ、その節は本当にすみませんでした！　冬華先輩！」

冬華の言うオススメがいったいどういう意味なのかとか、春乃の言うその節とはいったいどういう話だったのかとかは、史季は努めて気にしないようにした。

夏凛たちが千秋の背後に回り、史季が壁際《かべぎわ》に立たされたところで、千秋のレッスンが開始する。

「っしゃ。早速始めんぞ」

言うや否《いな》や、左手のエアガンを向けてきたので、史季は意味もなく両手を上げながら慌てて半身になるも、

「……あっ」

千秋はエアガンを向けただけで引き金はひかず、史季の回避行動を確認してから発砲。

史季の脇腹に当たったBB弾がペチッと音を立て、床に落ちていく。

「別に、銃口を向けたからって撃ってくるとは限らねぇよなぁ」

そんなことを言っておきながら、今度は右手のエアガンをこちらに向けると同時に発砲。

全く反応できなかった史季の鳩尾に、ペチッと直撃した。

二度撃たれたことで、史季はようやく得心する。

確かにこれは、予測力と勘を鍛えるレッスンであると。

「んじゃ、弾切れするまで撃ちまくるから頑張ってよけろよ」

とは言われたものの、その後史季が千秋の銃撃をかわせたのは、たったの一度だけだった。

そんなこんなで千秋のケンカレッスンが終わり、今度は冬華のケンカレッスンが始まることになったわけだが、

「それじゃ〜次はワタシが、い♥　ろ♥　い♥　ろ♥　教えてあげるわね〜」

豊満の一語に尽きる胸の谷間に挟み込むようにして腕に抱きついてきたものだから、史季は思わず「ひ、氷山さん⁉」と悲鳴じみた声を上げてしまう。

「冬華」

そんな状況を見かねてか、夏凛が一声かけてくるも、

「史季はそういうの慣れてねーんだから、程々にしとけよ」

「程々じゃなくて、今すぐ助けてほしいんですけど⁉」

「いやだって、史季の鼻の下ちょっと伸びてるから、早めに助けるのもわりーかなって思ってさ」

八割くらいはやめてほしいと本気で思っているが、残り二割くらいは、僕なんかがこんな形で異性に抱きつかれる経験なんてもう二度とないかもしれないとも本気で思っている手前、つい掌《てのひら》で鼻の下を隠してしまう。

なんともわかりやすすぎる史季の反応に、夏凛はケラケラと笑った。

「なんだかんだ言っても、史季も男の子だねー」

「じゃ〜ワタシは〜、しーくんの男の子を大人の男にして——ひゃん♥」

冬華の手が史季の股間に伸びかけたところで、夏凛が投擲《とうてき》した鉄扇が冬華のこめかみに

直撃。ヘッドショットをくらった凶悪犯さながらに、一人床に倒れ伏した。

「って感じで、いかがわしい真似《まね》しやがったらあたしか千秋が止めるから、とりあえず冬華のケンカレッスンも受けてみてくれ」

なんかもう色々と不安しかなかった史季は、顔を引きつらせるばかりだった。

自然、夏凜の口から苦笑が漏れる。

「んな顔するなって。今回冬華が教えるのは、ケンカとか関係なしに覚えておいて損はねーやつだから」

「そ〜そ〜」

唐突に復活した冬華に驚いた史季は、思わずビクッとなってしまうも、

「今回ワタシがしーくんに教えるのは、受け身のとり方だもの」

夏凜の言うとおり、レッスンの内容が本当に覚えておいて損がない、基礎的かつ真面目なものであったことに思わず目を丸くしてしまう。

「意外そうな顔してるわね〜。ワタシだって真面目にやるべき時は真面目にやるわよ〜」

「なんて言ってっけど、コイツ、ウチと夏凜が止めなかったらオマエに寝技を教える気マンマンだったたからな」

千秋がそう指摘すると、冬華はそっぽを向いて無駄に洗練された口笛を吹き始める。

冬華が教えようとしていた寝技がいったい何を指しているのかは、史季は努めて考えないようにした。

その後、受け身の練習をするためのマットを床に敷き、冬華のレッスンを開始する。

だがこの時、史季は勿論《もちろん》、夏凛も千秋も、初めから特に何も考えていない春乃《はるの》も、気づいていなかった。

あの冬華が、このまま大人しく真っ当にレッスンを行うわけがないことを。

「それじゃ〜、しーくん。まずはワタシがお手本を見せるから、しっかり見ててね」

そう宣言してから、冬華はマットの上で前回り受け身を実演する。

改めて言うが、冬華のスカート丈は夏凛よりも短い。

そんなスカートで前回り受け身なんて実演したらどうなるかは言《げん》に及ばず、そのことを計算に入れた上で冬華がドぎついTバックを穿《は》いてきたことも、熟れた果実にも似たお尻が史季に丸見えになるよう計算して受け身を実演して見せたのも、言に及ばない話だった。

「こんの大たわけ――――――っ‼」

千秋はスカートの下からハリセンを取り出すと、ドヤ顔で片膝を立てている冬華の頭をスパーンと叩《はた》く。冬華のことをよっぽどド突きたい時のみに使用される、レア道具《ドーグ》だった。

一方、もろに冬華のお尻を直視してしまった史季は、顔を赤くしながらも手遅れすぎる

バチッ

タイミングで顔を明後日《あさって》の方向に逸《そ》らしていた。

そんな中、春乃が珍しくも頬を赤らめ、モジモジしながら耳を疑うようなことを口走る。

「あのぉ……冬華先輩……それ、どこで売ってるんですか……？」

史季も夏凛も千秋もギョッとしながら春乃を見やる中、冬華一人だけは「あら～」と嬉《うれ》しげな笑みを浮かべていた。

その後、夏凛と千秋が率先して冬華から受け身のコツを聞き出し、史季もその通りに受け身の練習をすることで、春乃の発言を強引に有耶無耶《うやむや》にしたのであった。


今日のケンカレッスンが終わったところで、今度は史季の勉強会《スタディレッスン》が始まることになったわけだが、

「本当に、月池さんと氷山さんも参加するの？」

史季の問いに、千秋と冬華は揃《そろ》って首肯を返す。

「いくらウチらでも、ガッコを卒業できる程度の成績は気にしてるっつうの」

「実際去年は、ちーちゃんが一番危なかったしね～」

「う、うるせぇ！　と、とにかく！　同じ不良だからって、最初《はな》から卒業する気のねぇ奴《やつ》

や、ダブることを屁《へ》とも思ってねぇ奴と一緒にすんなって話だ！」

「つーかあたしは、一緒にされること自体ごめんだけどな。ガッコの成績気にしてねー奴なんて、だいたい退学後の進路が暴力団《ヤーさん》か半グレの二択だし」

会話に交ざってきた夏凛に、冬華が「あら？」と片眉を上げる。

「少年院《おっとめ》ってパターンもあるから、三択じゃないかしら？」

「あー、そのパターン忘れてたわ」

卒業後ではなくて退学後だったり、進路先が当たり前のように反社会的だったりと、つくづく自分がとんでもない学園に入学してしまったことを史季は思い知る。

「とにかく、あたしらもあんまりお行儀が良い方とは言えねーけど、今言ったような連中と一緒にされんのはゴメンってわけ」

「だ・か・ら、授業やテストをボイコットするどころかその邪魔をしちゃうような、とりわけお行儀が悪かったおバカさんたちにお灸《きゅう》を据えてたりんりんに、ワタシたちも協力したってわけ。ね、ちーちゃん」

「まぁな。どうせガッコ通うなら、ちょっとでも居心地が良い方がいいに決まってるからな」

「……あたしはただ、気に入らねー奴をシメてただけだってての」

という夏凜《かりん》の言葉が、明らかに照れ隠しであることは史季も察することができた。

なお、全く察していない春乃は、憧れの先輩たちの活躍を聞いて目をキラキラと輝かせていた。

切りよく会話が途切れたところで、史季は千秋と冬華に訊《たず》ねる。

「勉強会を始める前に、二人がどの科目が得意で、どの科目が苦手か聞いてもいいかな？」

「ウチは国語が得意だぞ」

ドヤ顔で答える千秋に、史季は質問を重ねる。

「ちなみに、点数は平均してどれくらいなの？」

「だいたい六〇点くらいだな」

またしてもドヤ顔で答える千秋を前に、史季の暗黒面が微笑という形で露《あら》わになる。

「月池さん。得意というなら、せめて七〇点は取らないと」

「お、おう……」

普段とは違う笑顔から放たれた容赦のない一言に、千秋の返事はどこか気圧《けお》された案配になっていた。

「苦手な科目は？」

「り、理系がちょっとな……」

言葉を濁す千秋に代わって、夏凛が意地の悪い笑みを浮かべながら補足する。

「ちょっとどころか、潰滅的だけどなー。スカートん中にわくわく実験セットみてーな道具《ドーグ》仕込みまくってるくせに理系がダメって、下手なホラーよりも恐《こわ》くね？」

「つ、使う分には理系も何も関係ねぇんだから別にいいだろッ！」

という抗議を右から左に流し、史季は質問を重ねる。

「ちなみに、国語と理系科目以外は？」

「普通に赤道直下だ」

露骨に顔を逸らしながら、千秋。たぶん赤点のライン上という意味なのだろう。

「うん。その発言が赤点だね」

ここでも容赦のない一言が炸裂《さくれつ》し、千秋を項垂《うなだ》れさせたところで、今度は冬華に訊ねる。

「氷山さんは？」

「ワタシの得意な科目はね～……」

「あ、言い忘れてたけど保健体育以外でお願い」

まさしく保健体育と答えようとしていた冬華の口が、中途半端《ちゅうとはんぱ》に開いた状態で固まる。

「し、しーくん。それはちょ～っと冷たくないかしら～？」

「氷山さん。勉強に温かいも冷たいもないと思わない？」

ニッコリと頭に「暗黒」がつく笑みを浮かべる史季に、冬華までもが気圧されたように頬をひくつかせた。

その様子を見て、春乃はヒソヒソと小さな声で夏凜に訊ねる。

「か、夏凜先輩……今の史季先輩、わたしたちに教えてた時よりも、さらに恐くなってないですか？」

「あ、ああ……なんかパワーアップしてやがるな……」

などと二人は戦々恐々としているが、実のところ史季は、教える人数が倍になったことで余裕がなくなっているだけだった。

暗黒面の力が妙に増しているのは、必死さの表れにすぎないわけだが……教えてもらう側にとっては堪《たま》ったものではないタイプの必死さだった。

なお、冬華は英語が喋《しゃべ》れるらしく、一応は英語が得意ということだが、結局筆記が苦手ということで得意不得意は夏凜と似たり寄ったりだった。

冬華が英語を喋れるようになった理由については、彼女の口から「アメリカンサイズ」という単語が出てきたところで、史季がやんわりと、されど頭に暗黒がつく微笑を浮かべながらシャットアウトし、そのまま国語の勉強会を始めたのであった。

そして、勉強会が終わった後、千秋と冬華は口を揃えてこう言う。

勉強を教えている時の史季は、ちょっとコワい――と。


千秋と冬華が二つのレッスンに参加するようになってから数日が過ぎ、四月の末に差し掛かった頃。

基本は夏凛とのスパーリングごっことサンドバッグ打ちを行い、史季の余力と時間的余裕が残っていれば、千秋の危機回避力を鍛えるレッスンか、冬華の受け身のレッスンを行うという形でレッスンを進めることが、すっかり定着していた。

そして、今日も今日とてサンドバッグ打ちに勤《いそ》しんでいた史季は、今の自分が打てる限界ギリギリの高さの蹴りをサンドバッグに叩《たた》き込む。

初めは史季のキック力に驚いていた千秋と冬華も、今となってはサンドバッグが派手に跳ねる光景に慣れてしまっていたため、今さら感嘆の声を上げることはなかった。

だが、

「ハイキックって言うにはもう一声足りねーけど、それでもけっこう高い位置を蹴れるようになったじゃねーか」

夏凛が嬉しげな笑みを浮かべながら今の蹴りを褒めてくれたことが、史季にとっては何よりも嬉しかった。

「つーか、ここまで足が上がるなら、相手の顔面を蹴るくらいはいけそーだな」

「なんか、言ってること矛盾してない？　小日向《こひなた》さん」

「矛盾なんてしてねーよ。ローキックで足潰したり、腹蹴って前屈《まえかが》みにさせりゃ、史季と同じくらいの背丈までなら余裕で顔面蹴れると思うぞ」

「なるほど……」

ケンカは勿論、格闘技についても明るくない史季にとっては目から鱗《うろこ》の話だった。

仮に史季の蹴り足がハイキックと呼べるほどにまで高くなったとしても、純粋に足が顔に届かないほどの上背の相手には、ハイキックを叩き込むことができない。

けれど、今夏凛が言った方法を用いれば、誰が相手であってもハイキックを叩き込むことができる。

そんな驚きと感心が顔に出ていたのか、夏凛は鉄扇で自身を煽《あお》ぎながらも微妙にドヤ顔を浮かべていた。

「にしても、まだ半月かそこらしか経《た》ってねーのに、よくここまで柔らかくできたな」

「動画サイトで、一ヶ月で開脚できるようになるやつとか参考にしてみたら、思いのほか効果があって……」

「あー、それ聞いたことある。マジで効果あんのな」

「そんな動画に頼らなくても、ワタシを頼ってくれたら手取りナニ取り教えてあげたのに～」

「んなだから、教えさせるわけにはいかねぇんだよ」

いつもどおりに発情する冬華に、千秋は淡々とツッコみを入れるも、

「千秋先輩がそう言うということは……冬華先輩が言ってるナニって、史季先輩のシャープペンシルのことですよね⁉」

春乃《はるの》のとんでも発言に、史季も夏凛も千秋も揃って目を剥《む》いた。

そんな中、「あら～」と嬉しげな声をあげていた冬華が、さらなる混沌《こんとん》を場に投げ込む。

「ダメよ、はるのん。そんなこと言っちゃ。シャープペンシルで例えるなんて、しーくんに失礼でしょ。同じペンで例えるなら修正ペンにしないと」

「どうしてですか冬華先輩⁉」

「それはね、どっちも先っぽから白いのが出――あぁん♥」

ここでようやく千秋のスタンバトンが炸裂し、混沌を無理矢理収束させる。

今までずっと目を逸らしてきたことだが、どうにも春乃はエッチなことに興味津々《きょうみしんしん》で

あることを、史季は事ここに至ってようやく確信する。というか無理矢理確信させられた。

兎《と》に も角《かく》にも、今は無理矢理にでも話題を変えるべきだと判断し、微妙に頬を赤くして片手で頭を抱えていた夏凛に違う話題を振ることにする。

「と、ところで小日向さん！　こういうのってやっぱり、逆の足でも同じくらいに蹴れるようになった方がいいのかな？」

「そ、そうだな……確かにどっちの足でも同じくらい蹴れるに越したことはねーけど……史季の場合、その前に一つクリアしなきゃならねー問題があるな」

「問題？」

「ああ。実戦でも、同じように蹴れるかどうかって問題だ」

「それって……前に言ってた、パンチ力が同じでも、人を殴り慣れてる人とそうでない人とでは差が出るっていう話の？」

二週間前、史季が川藤を前蹴りで沈めた際に、夏凛が言っていた言葉を思い出しながら訊ねる。

「そーそーそれそれ。史季の場合、実際にケンカになったら相手のこと本気で蹴れねーんじゃねーかなーって思ってさ」

「あら？　しーくんって確か、川藤って子を前蹴り一発で沈めたのよね？　だったら、そう心配するほどのことでもないと思うけど」

「あん時の史季はヤケクソになってた上に、相手が自分をいじめてた奴《やつ》だったから全力で蹴れたんだ。正直、実戦になってみねーと本気で蹴れっかどうかはわかんねーよ」

まさしく夏凛の言うとおりだと、史季は思う。

蹴り方を覚えたことで、今までよりも高い位置を正確に蹴れるようになった。

蹴りを繰り出した際の力の伝え方も正確になったため、キック力そのものも強くなった。けれど、蹴り方を習熟したことで必然的に力の加減についても覚えてしまい、ひいては手加減の仕方まで覚えてしまった。

自分の性格を鑑《かんが》みると、実際にケンカになった際は、相手のことを気遣ってつい手加減してしまっている自分の姿が容易に想像できる。

〝女帝〟の目を恐れてか、今はまだ不気味なまでにおとなしくしている川藤が報復に動き出した時、手加減なんてしたらどうなるかは……想像もしたくなかった。

そこまでわかっていてなお、本気で川藤を蹴れるかどうかわからない自分のことが、心底度《ど》し難《がた》かった。

「……って、ぼちぼち勉強会の時間だな」

夏凛がスマホで時刻を確認しながら言う。

その一言を聞いて、ケンカの問題についてはひとまず棚上げにすることにした史季は、もうじき夏凜《かりん》たちに訪れる勉学の問題について、あえて言葉にする。

「そうだね。明日から始まるゴールデンウィークが明けてすぐに、中間テストが始まることだしね」

容赦なく突きつけられた現実を前に、夏凜たちは揃《そろ》って顔を青くした。

「ゴールデンウィーク中、一人でも自宅で勉強ができるようカリキュラムを用意してきたから、今日はそれを皆に叩き込んであげるね」

知らず、暗黒面に充《み》ち満ちた笑みを浮かべる。

その笑顔を前に、誰かが「ひぃ……っ」と引きつるような悲鳴を上げた。

そして――

夏凜たち四人が、ケンカレッスンで体を酷使した史季よりもはるかにグロッキーな有様になった頃。

不良校においては有って無いような完全下校時間――一八時を越えたところでレッスンを切り上げ、部屋の隅にあるロッカーから人数分の箒《ほうき》を取り出して掃除を開始する。

掃除を条件に予備品室を使わせてもらっている史季に配慮すると同時に、千秋のケンカレッスンを行った際は、使用したＢＢ弾を回収するためにも掃除をするようにしていた。

それが終わったところで、史季たちは予備品室を後にする。

体育館で真面目に部活動に勤しむ人間は皆無だが、屯《たむろ》してたりバスケやバレーで遊んでたりする不良はそれなり以上に存在するので、彼らの目に留まらないよう気をつけながら、校舎と繋《つな》がっている出入口を抜けて体育館から脱出する。

その足で下足場へ向かい、五人揃って校舎の外に出たところで、

「そんじゃ、また明日なー」

「はい、お疲れぇ」

「ば～いば～い」

「さようなら～先輩～」

学園の裏門をくぐる夏凛たちと別れて、史季は帰途につく。

一人だけ帰る方角が違うという理由もあるが――さらに言えば繁華街とも方角が違う――女の子四人に交じって町中を歩く勇気などあるはずもないので、帰りが別々になっていることには少しばかりホッとしている史季だった。

だからといって、そのことに全く寂しさを覚えないと言えば嘘《うそ》になるが、川藤にいじめられていた時のことを思えば贅沢《ぜいたく》がすぎるというもの。

（……よくよく考えたら、今の僕って本当に贅沢がすぎてないッ⁉）

今さらすぎることに驚く自分に呆《あき》れると同時に、今の今までそんなことにも気づかないくらいに余裕がなかったことを自覚する。

然《そ》う。今の自分の状況は、一男子としては本当に贅沢がすぎるものだった。

四人中三人が不良とはいえ、全員が全員美少女と言っても過言ではない集団の中に、唯一の男子として交じっている。

これを贅沢と言わずして何を贅沢というのか――と言いたいところだが。

哀《かな》しいかな。これまでの史季の人生の中に女子が絡《から》んできたことは極端に少なく、高校に上がってからはいじめられていたせいもあって、この手の幸せに対する免疫ができていなかった。ゆえに、今自分が置かれている状況を素直に喜ぶことができなかった。

女子の中に男子が一人という状況への気恥ずかしさや、学園内においてけっこうな人気を誇っている小日向派に交ざり込んだことで、周囲――主に男子生徒から不興を買っているのではないかという危惧の方が、喜びよりもはるかに大きかった。

さらに哀しいことに、その危惧は正しかった。

日が沈みつつある学園内を歩くよりも、町中を歩いた方が不良に絡まれる危険が少ないことを知っていた史季は、裏門で夏凜たちと別れた後、学園を囲うフェンスに沿って歩き、正門の方角にある自宅を目指す。

その途上、道行く先から聖ルキマンツ学園の不良の群れがこちらに向かって歩いてくるのが見えたので、目線を合わさないよう気をつけながら道の端に寄ろうとするも、

「見つけたで、折節史季」

相手が自分のことを知っていた上で呼び止めてくるとは夢にも思わなかったせいもあって、思わずビクリと震え上がりながらも足を止めた。

その隙に、不良どもはいやに統率のとれた動きで史季を取り囲む。

数は五人。先程史季の名前を呼んだ、バリバリのリーゼントに薄いサングラスという、時代錯誤のヤンキースタイルの男がリーダー格のようだ。

などと、瞬時に分析できているのは、夏凜たちのケンカレッスンのおかげで自信がついたなどという理由では断じてなかった。弱者ゆえに、不良どもの機嫌を損ねないよう相手のことを事細かに分析する必要があり、その癖が出たというだけの話だった。

分析が正しかったことを証明するように、リーゼントの男が関西弁で絶望的な言葉を吐いてくる。

「いきなりで悪いが、ワイはオマエのことが好かん」

「ぼ、僕の何が、気に入らないのでしょうか……？」

恐る恐る訊《たず》ねると、男はサングラスの下の双眸《そうぼう》をカッと見開き、懐《ふところ》から一枚のカード

を取り出してこちらに見せつけてくる。

カードには『三年七組　白石淳《しらいしじゅん》』という個人情報とともに、『小日向《こひなた》夏凛ファンクラブ会員ナンバー0000001』と書かれていた。

史季は思わず「へ？」と、間の抜けた声を漏らしてしまう。

わざわざ学年とクラスを書いているということは、会員証と思《おぼ》しきカードは年度が替わる度に更新し直しているのかとか、会員ナンバーの「0」の数の多さとか、ツッコみが脳内で大渋滞を起こしていた。

「ええか、折節ぃ……小日向派っちゅうのは、夏凛姐《ねえ》さんが統《す》べる楽園《エデン》なんや。そこに男っちゅう存在はただの異物――否ッ！　ゴミやッ！」

力説する白石に呼応するように、

「会長の言うとおりじゃボケェ！」

「お前何様のつもりで夏凛姐さんと一緒にいやがる！」

「ブチ殺すぞゴラァ！」

「俺と代われやクソッタレェ！」

一人だけ、ただ欲望を垂れ流しにしていることはさておき。

ファンクラブ会員と思しき取り巻きどもが、好き勝手に凄《すご》んでくる。さすがは聖ルキマンツ学園と言うべきか、ファンクラブ一つとってもガラが悪いことこの上なかった。

白石に至っては、自分の方が年上であるにもかかわらず夏凛を姐さん呼びしていることも含めて。

（恐《こわ》いと言えば恐いけど……）

絡まれている理由が理由だけに、史季の中にあった恐怖心やら緊張感やらがゆるゆると緩んでいく。会長の発言を無視して、ただ己の欲望を口走っている会員が交ざっているから、なおさらに。

白石がスッと手を上げると、四人の会員はピタリと野次を止める。

史季を取り囲んだ時の動きといい、どうやら欲望以外の統率はとれているようだ。

「というわけで、オマエの死刑が確定したわけだが」

というわけって、どういうわけ⁉——などというツッコみは、勿論《もちろん》口には出していないが、中世の魔女裁判でももう少し被疑者の話を聞くよねと思わずにはいられない。

「いくら死刑執行っちゅう大義名分があるとはいえ、一人を相手に大勢でなんてダッサい真似《まね》したら、夏凛姐さんに嫌われてまう」

そもそも好かれてもいないと思うんですけど⁉——などと割と失礼な独白も、勿論口には出さなかった。

「ちゅうわけでや、折節。ワイとタイマンせぇ。ワイに勝てたら執行猶予つけたるわ」

史季の見た目がまかり間違っても不良には見えないせいか、白石の表情は自身の負けを考慮していないどころか、史季をボコボコにすることしか考えていない風情《ふぜい》だった。

「ちょちょちょっと待ってください！　こういうやり方も、小日向さんは嫌うと思——」

「馴《な》れ馴れしく姐さんの名前呼ぶなダボがぁッ！」

「名字呼びでもアウトなの⁉」

悲鳴を上げる史季に構わず、白石はこちらの顔面目がけて容赦なくパンチを繰り出してくる。その瞬間、史季は今までにない感覚を覚えたことに困惑した。

遅く見えるのだ。

連日夏凛とスパーリングごっこを繰り返したことで、彼女の図抜けたスピードに多少ながらも慣れたおかげなのか、白石の動きが遅く見えるのだ。

（これくらいなら……！）

たとえ〝ごっこ〟でも、夏凛がスパーリングを続けた意味を得心しながらも、迫り来る拳に合わせて体を横に傾ける。

かわされるとは思っていなかったのか、白石は盛大にパンチが空振ったことで泳いだ体をどうにか踏《ふ》み止《とど》まらせた。

「い、今のをかわすとぁな。なかなかやるやんけ」

それっぽい台詞《せりふ》で会長としての威厳を保ちつつも、白石が再び殴りかかってくる。が、自分でも驚くほどにケンカレッスンの成果が如実《にょじつ》に表れている史季には、何度パンチを繰り出してもかすりすらしなかった。

（このままかわし続けるのは、そう難しくなさそうだけど……）

それだけでは、この状況を打破することはできない。白石の体力が尽きるまでかわし続けたところで、相手は「ナメられた」と判断し、余計に激昂《げきこう》するのが目に見えている。

しかし、タイマンという作法に則《のっと》って正々堂々白石を倒せば、逆に一目置かれて約束どおりに執行猶予がつくかもしれない。

少々希望的観測が過ぎるが、それでも、このまま白石の体力が尽きるまでかわし続けるよりは、状況を打破できる可能性ははるかに高いはず。

やることは決まった。

けれど、覚悟がなかなか決まらなかった。

傲慢な考え方かもしれないが、夏凛のおかげで異常なキック力を有していることを自覚したことで、本気で蹴ったら相手に取り返しのつかない怪我《けが》を負わせてしまうのではないかという心配が、どうしても脳裏によぎってしまう。

同時に、手加減したことによって相手を余計に怒らせてしまい、余計に事態が悪化するかもしれないという不安もよぎってしまう。

「テメェ……！　逃げてばっかで……！　ええ加減にせぇや……！」

息を上がらせながらも、白石は拳を振り回してくる。

もうこれ以上迷ってはいられないと思った史季は、

(手加減は少しだけ！　それでもってローキックならたぶん大怪我にはならないはず！)

そう自分に言い聞かせてから、白石のパンチをかわした直後に、彼の左太股《ふともも》目がけてローキックを叩《たた》き込んだ。

直後、バチィッと聞くだけで痛そうな音が耳朶《じだ》を打ち、

「ほぎゃあぁあああぁああぁああぁッ‼」

立っていられなくなった白石は、左太股を両手で押さえながら地面を転がって悶《もだ》えた。

そのあまりの苦しみっぷりに、会員たちは「会長！」「会長！」と泡を食ったように叫びながら彼のもとに駆け寄る。

「おおおぅ……おぉおぉう……」

よくわからない呻《うめ》き声を上げながらもいまだ悶え苦しむ白石を見かねてか、会員どもが一斉に眼《ガン》を飛ばしてくる。

「会長にナニさらすんじゃボケェ！」

「お前何様のつもりで会長蹴りやがった！」

「ブチ殺すぞゴラァ！」

「俺が代わりに相手になってやろうかクソッタレェ！」

さすがに一対四は無理だと思った史季が、心の中で（ひぃいぃ……！）と悲鳴を上げていると、

「ま、待てやオマエら……何勝手にワイが負けたみたいな空気出しとんねん」

かろうじて立ち上がった白石に、会員たちは「会長！」「会長！」と感極まった声音で叫ぶ。

「今の一撃でわかった。このまま続けても、ワイの勝ちは目に見えとる。とはいえ、コイツもまあまあ根性を見せた。せやから……」

白石は、生まれたての子鹿のようにプルプルと足を震えさせながらも、どこまでも上から目線でこう言った。

「今日のところは、こんくらいで勘弁しといたるわ」

その言葉を最後に、白石は会員どもに肩を貸してもらいながらも、ヒョコヒョコと史季の前から立ち去っていった。

「……なにこれ？」

自分がいったい何を見させられたのか理解できず、ついそんな言葉が口をついてしまう。

「正直あたしが聞きてーよ」

突然背後から夏凛《かりん》の声が聞こえてきて、史季は瞠目《どうもく》しながらも振り返った。

「小日向さん⁉　どうしてここに⁉」

「予備品室にスマホ忘れちまってさ。取りに戻る途中に、史季が連中に絡《から》まれてるのが見えたから助けに入ろうかと思ったけど……自力で追い払えたじゃねーか」

我が事のように嬉《うれ》しそうに笑いながら、夏凛は言う。

そのことに照れくささを覚えながらも、彼女の笑みに釣られて史季も笑い返した。

「小日向さんが、ケンカのやり方を教えてくれたおかげだよ」

「教えたっつっても、まだ序の口もいいところだけどな。それはそうと……」

笑みの形を困ったものに変えながら、トンと史季の胸を叩く。

「やっぱ、本気では蹴れなかったみてーだな」

「そ、それは……」

口ごもる史季に、夏凛の笑みが、今度は優しいものに変わる。

「ばーか。別にそれがわりーだなんて一言も言ってねーだろ。どっちかっつーと、あたしらや、うちのガッコの不良《バカ》どもみてーに気兼ねなく相手をブチのめせる方が、よっぽどわりーってもんだ」

ケラケラと笑いながら、夏凛。そんな彼女の態度がなんとなく納得できなかった史季は、「小日向さんたちは、他の不良たちとは違うよ」と言おうとしたけれど、例によって気恥ずかしさが勝ってしまい口を噤《つぐ》んでしまう。

幸い今回は顔に出ていなかったのか、夏凛はこちらの心中に気づかないまま話を続けた。

「ただ、世の中には手加減なんてしちゃいけねー野郎がいるってことも、ちゃんと肝に銘じとけよ。特に川藤がマジで報復にきた場合、手加減なんてしたらたぶん余計にブチギレるだろうしな」

まさしくその通りだと思った史季は、言われたとおりに今の言葉を肝に銘じた。

「ところでさっきの人たち、自分たちのことを小日向さんのファンクラブだって言ってたけど……」

「あーあーあー！　聞こえない聞こえない！」

耳を塞ぎながら、夏凛は大声を上げる。

この時点で、ファンクラブの存在が非公認であることを確信した史季は、これ以上白石たちについて突っ込んだ話をするのはやめておこうと心に決めた。

そうこうしている内に街灯が灯《とも》り始め、今さらながら日がもうほとんど沈んでしまっていることに気づく。

「……って、あんまり僕のことで時間をとらせたら駄目だよね。月池さんたちも待ってるだろうし」

「あー、千秋たちのことなら気にする必要ねーぞ。先に春乃《はるの》のことを送ってもらって、その後はノリで合流するかどうか決めるって感じになってっから」

などと言いながらも、なぜか夏凛はこちらの腕をガッチリと摑《つか》んでくる。

「まーでも、一人でスマホ取りに行くのも何だし、史季も付き合えよ」

いったい何が「何だし」なのかは、さっぱり理解できなかったが。

どういうわけかこちらの腕を摑んでいる夏凛の手が、絶対に逃がさないと言わんばかりに力がこもっていたので、拒否権がないことだけは理解できた。

正門から学園に戻った史季と夏凛は、

「久しぶりに見たけど、相変わらずどこからツッコめばいいのかわかんねーな、これ」

「そ、そうだね……」

校舎の正面玄関前に建てられた、聖ルキマンツ学園創設者――ホワード・ルキマンツの銅像が七色に輝く様を眺めながら、二人揃《そろ》って顔を引きつらせる。

その眩《まばゆ》さたるや、この学園が不良校であることも忘れて近所迷惑になっていないだろうかと、つい心配してしまうほどだった。

完全下校時間を過ぎると、体育館の玄関は問答無用で鍵を閉められてしまうため、出てきた時と同じように校舎から体育館に向かうことにしたわけだが、

「小日向《こひなた》さんッ⁉」

下足場を抜けた途端に夏凛が腕にしがみついてきて、史季は思わず素っ頓狂な声を上げた。

「サ、サービスだよサービス。こうも薄暗いと、し、史季がビビってんじゃねーかって思ってな……」

声音と口に咥《くわ》えていたパインシガレットを微妙に震えさせながら、夏凛がそんなことを宣《のたま》う。

生徒がもうほとんど帰っているからか、廊下を照らす明かりの数は疎《まば》らで、夜闇も手伝

プル
プル
プル

って廊下は不気味なまでに薄暗かった。

とはいえ、史季は幽霊や怪談の類《たぐい》を恐《こわ》いと思ったことはほとんどなく、校舎に居残っている不良とうっかり出くわす方が余程恐いくらいなので、

「ぼ、僕は全然恐くないから、離れてていいよ小日向さん‼」

悲鳴じみた声で懇願した。腕にしがみつかれたことで、春乃が言っていたとおりに「実は着痩せするタイプ」であることを、現在進行形で実感させられてしまったがゆえに。

健全な男子高校生なら喜ぶべき場面だし、実際心の中では史季も大概に喜んではいるものの、どうしても気恥ずかしさが勝ってしまい、離れてほしいと懇願する有り様になっていた。

「む、無理すんなって！　本当は恐いって思ってんだろ⁉　そ、それにこうやって女子に抱きつかれんの、史季だって好きなんだろ⁉　冬華に抱きつかれた時も、なんだかんだで鼻の下伸ばしてたし！」

二つ目の問いに対してはなまじ「ＹＥＳ」な分、答えづらいことはさておき。

なぜか必死に食らいついてくる夏凛を前に、史季はふと一つの可能性に思い至る。

「小日向さん……もしかして、幽霊とか苦手なの？」

ギクリと、夏凛は動きを止める。

「べべべ別にそんなことねーし……ゆゆゆ幽霊とか何とも思ってねーし……」

目も言葉も、面白いくらいに泳いでいた。

夏凛の反応が俄《にわか》には信じられなかった史季は、

「あっ、あそこにいるの幽霊っぽくない？」

子供だましにも程があると思いながらも、棒読み気味に言ってみると、

「～～～～～っ⁉」

声にならない悲鳴を上げながら夏凛がさらに密着して抱きついてきて、疑惑を確かめるどころではなくなった史季は頬を紅潮させながら石像のように硬直した。

先程まで腕にしがみついていた状態から、さらに一気に密着してきたことによって、何がとは言わないが、ちょうど谷間に腕が包まれてしまい、余計に微動だにできなくなってしまったのだ。冬華と違って、故意でないことがわかっている分、余計に。

「こ、小日向さん……ゆ、幽霊は……嘘《うそ》だから……」

堪《たま》らず白状した瞬間、夏凛がガバッと顔を上げる。

恥ずかしいところを見られたと思っているのか、それとも怒っているのか、紅潮させた頬を膨らませ、涙目でこちらを見上げてくる彼女の姿は、聖ルキマンツ学園の頭《トップ》を張っているとは思えないほどにかわいらしかった。

「ご……ごめん……」

史季はますます頰を赤くしながら謝るも、夏凛は許さないと言わんばかりに、こちらの頰をむんずと摘まみ、思いっきり引っ張る。

「いだだだだだッ‼　ごめ、ごめんッ‼　本っ当にごめんッ‼」

そんな史季の悲鳴を無視して、たっぷり三〇秒ほど引っ張ったところで、夏凛はようやく手を離してくれた。

そして、こちらから顔を逸《そ》らし、

「ゆ、幽霊とか……打《ぶ》てねーから苦手なんだよ……」

本気で言っているのか判断しづらい言い訳を、耳まで真っ赤にしながら零《こぼ》した。再び、ひっしと史季の腕にしがみつきながら。

少しずつ着実に速くなっていく心臓の鼓動が夏凛に聞こえてしまいそうな気がした史季は、その音を誤魔化すように、口に出す気はなかった率直な感想を述べる。

「しょ、正直意外……かな。小日向さんって恐いものなんてないと思ってたから」

「こ、こわいんじゃなくて苦手なだけだっ。そこんとこ間違えんじゃねーぞ」

そんな言い訳すらもかわいらしくて、ますます鼓動が速くなっていく。

半月くらい前までは、あれだけ〝女帝〟のことを恐れていたのが嘘のように。

「と、とにかく！　さっさとスマホ取りに行くぞ！」

夜の校舎から一秒でも早く出たいと思っているのか、夏凛が急《せ》かし始める。

腕にしがみつきっぱなしなのは、嬉しいやら勘弁してほしいやらと思うけど。

夏凛には川藤のことでお世話になりっぱなしになっているせいか、こうして頼りにされることは、恐がる彼女には悪いと思いながらもとても嬉しかった。

勉強以外に関してはそうそうないとは思うけど、また自分の力が必要になる場面があった時は、喜んで力を貸そうと心に決める史季だった。


ゴールデンウィークに入り、久しぶりに一人で過ごす時間が多いことにそこはかとなく寂しさを覚えながらも、史季は一人でもできうる範囲でケンカレッスンを続けた。

やがてゴールデンウィークが明け、中間テストが始まり、あれよあれよという間にテスト期間は過ぎ去っていく。

そして、テスト明けになったということでケンカレッスンは再開となり――さすがに勉強会はお休みだが――史季は放課後すぐに予備品室へ向かうも、

「ちょっと早く来すぎたかな……」

どうやら一番乗りだったらしく、部屋にはまだ誰も来ていなかった。

荷物を床の隅に置きながら、何とはなしに思う。

（なんというか……いつの間にか、学校に来ることが楽しくなってる気がする）

川藤たちにいじめられていた時は、学校に行くのが嫌で嫌で仕方なかった。

親に心配をかけたくない手前、転校という最後の手段を自ら放棄していたため、二進《にっち》も三進《さっち》も行《い》かなくなっていた。

（そんな地獄のような状況から、小日向さんは僕を救い出してくれた）

それどころか、また地獄を見ないようケンカのやり方まで教えてくれている。

本当に、感謝してもしきれないくらいだった。

（まあ……感謝《それ》を言葉にして伝えるのは、気恥ずかしくてできそうにないけど……）

などと物思いに耽《ふけ》っていると、入口の扉の向こう側から足音が聞こえてくる。

教師がやってきた可能性に備えて、念のため部屋の隅にあるロッカーの掃除用具を取りに向かう体《てい》を装《よそお》っていると、

「あっ！　史季いた――――っ！」

扉を開けるや否《いな》や入ってきた夏凛《かりん》が、高いテンションをそのままに大声を上げた。

「小日向さん、さすがにそんな大きな声を出すのは……！」

と注意している史季に、夏凛は駆け寄り、

「サンキュな！　史季！」

「‼⁉‼⁉」

いきなり真っ正面から抱き締めてきて、史季の思考は一瞬でショートしてしまう。

「テストの点数な！　全部の科目で五〇点超えたんだよ！　こんなに良《い》い点とったの生まれて初めてだよ！」

興奮をそのままに、抱き締めていた手でバシバシと背中を叩《たた》いてくる。

抱き締められている史季は、距離が近すぎるわ良い匂いがするわ胸に押しつけられた感触がやっぱり着痩せするタイプだと確信させられるものだわで、顔を真っ赤にしたまま銅像のように固まっていた。

「それもこれも全部史季のおかげだ！　マジサンキュな！」

言葉と体で喜びと感謝を表す、夏凛。わざとやっている冬華とは違い、異性との距離感が天然でバグっている分、夏凛のスキンシップの方が余程心臓に悪い上に破壊力も大きいことを、ショートした頭の片隅で確信する。

そうこうしている内に冬華と春乃がやってきて、今度は二人に抱きつき……どこか触れたのか、冬華に鉄扇の一撃をお見舞いしていた。

最後に千秋が入ってきて、彼女にも抱きつこうとしたものの、全力で逃げ回られてしまったため未遂に終わった。

「ぜぇ……はぁ……ぜぇ……はぁ……ちなみに……ウチも……赤点はゼロだったわ……」

夏凛から逃げ回ったせいで、息も絶え絶えになりながらも報告する。

「大喜びしているりんりんには悪いけど、ワタシは平均で六〇点いっちゃってるから〜」

冬華は鞄《かばん》から全科目のテストの答案用紙を取り出し、これ見よがしに皆に見せつける。

国語だけは五〇点台だったものの、他の科目は全て六〇点を超えていた。

それを見て、夏凛はおろか千秋も「ぐぬぬ」と悔しそうにしていた。

夏凛はもとより、千秋も冬華も勉強はあまり好きではないようだが、仲間内での点数の優劣にはこだわっているようだ。

そんな中、冬華に倣《なら》って春乃《はるの》は鞄をまさぐり、

「見てください！　全科目が二桁超えました！」

二〇〜四〇点台を彷徨《さまよ》っている答案用紙の数々を、ドヤ顔で見せつけてくる。

火花を散らしていた夏凛たちだったが、不意に皆して優しい表情になり、全員でポンポンと春乃の頭を撫《な》でてあげた。

「で、史季はどうだったんだ？」

突然夏凛に話を振られ、思わず顔を背ける。

「おっ？　もしかして悪かったのか？」

「いや……そんなことはないけど……」

「本当かー？」

ニヤニヤと笑って尋問する夏凛に、千秋は呆《あき》れ声で指摘する。

「いや、仮に悪かったとしても、それは折節から見たらであって、ぜってぇウチらより点数高いと思うぞ」

「でもわたし、史季先輩の点数が気になります！」

「てゆ〜わけで〜、しーくん。ワタシたちに無理矢理答案用紙を曝《あば》かれるのと、自ら曝くの、どっちがいい？」

「それって実質選択肢ないよね⁉」

そんなこんなで自ら曝く方を選んだ史季は、夏凛たちの目の前で全科目の答案用紙を拡《ひろ》げた。

重ねて言うが、聖ルキマンツ学園は願書を出すだけで入学試験に通ると揶揄《やゆ》されるほどのアホ校だ。

進学校とまではいかないまでも、そこそこに偏差値の高い公立高校を目指していた史季にとって、聖ルキマンツ学園のテストはそう難しいものではなかった。

最低で九四点、最高で一〇〇点をとれる程度に。

「……グロいな」

史季の答案用紙を見つめながら、夏凜はポツリと漏らす。

「グロいの⁉」

まさかすぎる表現に、史季が素っ頓狂な声を上げていると、

「あぁ、グロい」

「グロいわね～」

「史季先輩！　この答案用紙は絶対にモザイクをかけた方がいいと思います！」

千秋たちも、夏凜と同じ感想を返してきた。

「テストの成績を見られてそんなこと言われたの、生まれて初めてだよ……」

先程の夏凜の言い回しを無意識の内に真似《まね》ながらも、史季は何とも言えない微妙な表情を浮かべる。

こうして史季たちは無事（？）に、中間テストを乗り切ったのであった。

第六章　拉致

「おっ、マジか」

「あらあら～」

　予備品室で千秋と冬華の驚きの声が響く。

　中間テストが終わった翌週。夏凛とのスパーリングごっこで、今まで一度もタッチできなかった史季の手が、とうとう彼女の肩をかすめたのだ。

「すごいです！　史季先輩！」

　春乃がパチパチと拍手を送る中、夏凛はニッカリと笑いながら史季の肩に手を置く。

「なかなかやるようになったじゃねーか、史季」

「小日向《こひなた》さんと、みんなのおかげだよ」

「おーおー、模範解答だねー」

「実際、けっこうやれるようになってきたんじゃねぇか？　ウチのエアガンもそこそこよけられるようになってきたし」

「受け身も、ちゃんと取れるようになったものね～」

「足もすごく上がるようになりましたしね！」

ハイキックの真似でもしようとしているのか、春乃は足を上げて見せるも、下手をすると柔軟体操をやっていなかった頃の史季よりも足が上がっておらず、夏凛たちは苦笑する。

川藤にハイキックを叩き込んだ際の夏凛の一件もあって、史季一人だけは、春乃の足がスカートの中が見えない程度にしか上がっていなかったことに内心ホッとしていた。

「まー、地力がついてきたみてーだし、レッスンを次の段階に進めるのもありかもしれねーけど……」

夏凛は笑顔をそのままに、史季の肩に置いていた手に力を込める。

「触られたのちょっと悔しいから、もうワンセットやんぞ」

その言葉は夏凛が手を抜いていなかったことの証左であり、だからこそ史季は、初めて彼女にタッチできたことを実感できたわけだが、

（でも、今日の小日向さん、心なしか動きが鈍《にぶ》いような……？）

そんな疑問を抱いていたけれど、次のワンセットでは案の定史季の手は夏凛にかすりもしなかった挙句、全身をこれでもかと触り倒されてしまい、ただの考えすぎであることを嫌というほどに痛感させられた。

――と思っていたら。

翌日。

一限目が終わった直後のことだった。

夏凛を保健室に連れて行ったという千秋と冬華からのＬＩＮＥが、スマホに届いたのは。

確認するや否や慌てて教室を出て、保健室へ向かう。

勢いよく扉を開き、

「小日向さん！」

彼女の名前を大声で呼びながら中に入った直後、史季は石像のように固まった。

その理由は、たまたま夏凛が着替えをしていたとか、そんな嬉《うれ》し恥《は》ずかしのイベントが勃発したなどという理由では断じてなかった。

この学園の保健医が、じっとこちらのことを見ていたのだ。

五分刈りサングラスの強面《こわもて》という、およそ保健医には見えない風体ゆえに、白衣の下には絶対に拳銃を隠し持っていると噂《うわさ》されている中条《なかじょう》先生が。

「ここは保健室だ。静かにしろ」

淡々と注意をする、中条。その静かなる迫力にすっかりビビってしまった史季は、微妙に裏返った声で「はいッ」と返すと、ベッドの方に千秋と冬華と春乃が集まっているのが見えて、そそくさとそちらへ向かう。

「あら、しーくんも来たわね～」

輪に入りやすくするためか、冬華が一歩下がると、それに合わせて千秋も一歩下がる。

そんなささやかな気遣いのおかげで、ベッドに腰掛けている夏凛《かりん》の姿を確認することができた。

夏凛の顔は常よりもやや火照《ほて》っており、いつも咥《くわ》えているパインシガレットの代わりに、口元をマスクで覆っていた。

「んだよ。史季まで来たのかよ」

呆れたような声音には、やはり常ほどの力はない。

「ただの風邪だっつーの。なのに保健室に連れ込まれるわ、揃《そろ》いも揃って集まってくるわ……大袈裟《おおげさ》なんだよ、おまえらは」

「ダ、ダメですよ先輩、風邪を甘く見ちゃ……！　万病の元と言われているくらいなんですから……！　熱も三八度を超えてますし……！」

声を張り上げたいのを我慢したような声音で、春乃。

今までにも散々アホの子っぷりを見せつけられた手前つい失念しそうになるが、春乃は医者の娘であり、ドジらなければという注意書きがつくが応急処置もお手の物だ。

その彼女に言われては反論のしようもなかったのか、夏凜は眉根を寄せながらも口ごもった。

「昨日スパーリングごっこでタッチできたから、もしかしたらと思ったけど……」

「ばーか。昨日の段階じゃ別になんともなかったから、タッチできたのは史季の実力だっての。熱が出たのも朝起きてからだったしな。つーか熱が出るようなこと、した覚えねーんだけどなー……」

「いや、覚えならあんだろ。あんだけ勉強したんだから」

「千秋てめー……まさか知恵熱が出たとか言うつもりじゃねーだろな？」

「それ以外に何があるってんだよ」

「アホかっ。中間テスト終わったの先週だぞっ」

「ということは、遅効性の知恵熱ってことになるわね～」

「知恵熱に遅効性もへったくれもあるかっ」

「待ってください、千秋先輩っ。冬華先輩っ。知恵熱とは赤ちゃんが突然かかる熱のことであって、勉強のしすぎで発熱するという話は間違いですよっ」

「よく知ってんな、そんなことっ⁉　つーかそれどういうフォローだよっ⁉」

「ちょ、ちょっとみんな。病人にあんまりツッコみをやらせちゃ駄目だよ」

「はいっ、今史季がめっちゃ良いこと言った。つーわけで、頼むからこれ以上アホなことを言うのはやめてくれ……！」

保健室ゆえに声を小さくしながらも、夏凛は無理矢理締めくくる。

呼吸は「ぜーはーぜーはー」と荒れたものになっていた。

「おまえらのせいで悪化しそうなんだけど？」

「すればいいじゃねぇか。そうすりゃテメェでも、早退する気が起きるってもんだろ？」

千秋の言葉に、史季は「え？」と漏らす。

「早退しないの？　熱が三八度もあるのに？」

「大袈裟に熱が高いからちょっとだりーってだけで、授業が受けられねーってほどでもねーからな。実際、さっき散々ツッコまされたのに咳《せき》とか全然出てなかったろ？」

「そうかもしれないけど……」

なおも心配する史季たちをよそに、夏凛は少しだけ声を大きくしながら中条に言う。

「つーわけでセンセ、あたしこのまま二時限目以降も授業に出るから」

「好きにしろ」

保健医の了承が得られたところで、夏凛は立ち上がる。

「ほら、おまえらもさっさと教室に戻れって。次の授業が始まっちまうぞ」

◇◇◇

昼休み。

川藤は取り巻きの二人とともに、いつもどおり派閥の顔出しに向かう。

昼食にありつけるのがその後になるため、かったるいことこの上ないが、派閥の頭《トップ》である荒井の不興を買うことだけは、川藤といえども絶対に避けたいところだった。

中学生の頃は、まともに殴り返してくるような奴《やつ》がろくにいなかったこともあって、ケンカで負けたことは一度もなく、学校の頭《トップ》も張っていた。

そこで勘違いをしてしまった結果、不良校として名高い聖ルキマンツ学園をシメてやろうなどと思い上がってしまった。

そして入学後すぐ、無謀にも荒井にケンカを売ってしまい……ボコボコにされた挙句、強制的に派閥に入らされた。

それだけならまだ矜持《プライド》も保てただろうが、派閥内においても、川藤よりもケンカが強い人間は何人もいた。

思い知らされた。

暴力にも才能が必要だという事実を。

自分が、向こう側——荒井亮吾《りょうご》や小日向夏凛を含めた四大派閥の頭たちのいる側の人間ではないことを。

自分が勝てるのは、こちら側——折節史季のような暴力の才能など毛ほどもない連中だけだということを。

なら、それでいいと思った。

中学の時と同じように、殴り返してもこないような愚図を殴ってストレスを発散し、面白おかしく毎日を過ごせれば、それでいいと思った。

強制的に入らされた荒井の派閥も、今にして思えば後ろ盾としては上等すぎるくらいに上等だ。

くだらないプライドさえ捨ててしまえば、それなりに楽しい学園生活を送れる——そう思っていた。

（折節ぃ……）

知らず、双眸《そうぼう》が禍々《まがまが》しくなる。

あの野郎は、弱者のくせに、こちら側のくせに、マグレとはいえこの俺に膝をつかせやがった。

到底許されるものではなかった。

すぐにでもブチ殺してやりたいところだが……今は駄目だ。

あの野郎は、あろうことか〝女帝〟を後ろ盾につけやがった。

一年の時、派閥の仲間をやられたことにブチギレた〝女帝〟が、頭二つほど大きな荒井を一方的にボコボコにする様を、この目ではっきりと見ている。

危険な連中ばかりのこの学園において、あの女はぶっちぎりに危険だ。

（だが……）

その〝女帝〟が風邪を引いて高熱を出したという噂は、もうすでに学園中に行き渡っている。これほどの好機を、荒井が見逃すはずがない。

（となれば、くるかもしれねえなあ。折節の野郎をブチ殺すチャンスが）

そんなことを期待しながら、荒井派が根城にしている校舎四階の空き教室へ向かうと、

「今日、潰すぞ。小日向《こひなた》を」

窓際《まどぎわ》の隅でふんぞり返るようにして椅子に座っている荒井が、期待どおりの言葉を、こ

の場にいる全員に告げた。

その言葉に対し、派閥内においては唯一荒井と対等に口が利《き》ける、荒井には劣るものの一八〇センチを超える上背を誇る、荒井派ナンバー2の三年――大迫《おおさこ》が冷静な意見を返す。

「確かに〝女帝〟を潰すチャンスは今しかねぇ。が、学園内で仕掛けるのはNGだってことはわかってるよな？　荒井」

「ああ。女ってだけで、小日向派を支持するカスどもが多いことくらいはな」

「仕掛けるなら外……だからこそ何か策が欲しいところだな」

「俺が、風邪で弱っている小日向に負けるとでも言いたいのか？」

怒気を孕《はら》んだ声に、川藤と取り巻きの二人はおろか、他の派閥メンバーも息を呑《の》む。

そんな中、大迫だけはどこまでも冷静に応じた。

「そうは言ってねぇ。が、月池千秋と氷山冬華が介入してきたら、かなり厄介なことになるぞ。アレで大概に腕が立つからな。俺とお前以外の奴だと確実に手に余る」

「小日向とタイマンに持ち込んでも、邪魔に入られる可能性がある……そういうことか」

「さらに言うと、最近〝女帝〟が囲っている、見るからに一般生徒《パンピー》っぽい野郎がいたの、覚えてるか？」

「ああ……」

荒井の視線が一瞬だけ川藤に移り、意味もなくビクリと震えてしまう。

「あれはどう見ても、取るに足りない雑魚《ざこ》だろ。いようがいまいが邪魔にはならん」

言外に自分も雑魚扱いされている気がした川藤が悔しさに震える中、大迫は言う。

「取るに足りねぇ雑魚だからこそ、警察《サツ》に頼るなんてくだらねぇ真似《まね》を平気でやる恐れがある。だから、そちらを封じるという意味でも……」

「策が欲しいというわけか」

大迫が首肯を返す中、川藤は内心首を捻《ひね》った。

小日向派にはもう一人、桃園春乃《はるの》という史季以下の雑魚がいるにもかかわらず、大迫が全く触れなかったことを疑問に思う。

（まさか、知らねえのか？）

だが、考えてみれば、そうあり得ない話ではないのかもしれない。

春乃の容姿は徐々に噂《うわさ》になっているとはいっても、それはあくまでも一年生たちの間での話。

教室が二階にある三年生に対し、一年生の教室は四階にあるため物理的に距離が離れており、なおさら噂が入ってきにくい。

川藤も、ナンパ――あくまでも川藤の認識――の件がなければ、意識して知ろうとはしなかっただろう。

おまけに、冬華に新しい彼女ができた場合、同性ゆえに小日向派のもとへ連れて行ったことも今までに何度か確認されているため、春乃が〝女帝〟たちとともに行動している場面を荒井派の人間が目撃していたとしても、小日向派のメンバーだとは認識していない可能性がある。

(こいつは使えるな……)

知らず口《くち》の端《は》を吊り上《あ》げながらも、川藤は手を上げる。

「荒井さん。大迫さん。ちょっといいすか?」

「なんだ?」

荒井に代わって大迫が応じる中、川藤はますます口の端を吊り上げながら言う。

「一年に桃園春乃って女がいるんすけど——……」

◇　◇　◇

その日の放課後。

ケンカレッスンも勉強会も中止にして家まで送ろうとする史季たちに向かって、夏凛《かりん》は心底鬱陶しそうに言う。

「だーからー、わざわざ送り迎えなんてしなくていいっ言《つ》ってんだろ」

「いや、さすがにフラフラしながら言われても説得力ないよ。小日向さん」

史季の指摘に、夏凛は「んぐっ」と口ごもる。

「りんりんは味方も多いけど、敵も大概に多いからね～」

「弱ってるとこ見てチャンスだとか考える不良《バカ》が、狙ってこねぇとも限らねぇからな。そういう意味じゃ、今日たまたま春乃がクラスのダチに遊びに誘われたのは、アイツにはわりぃがラッキーだったかもしれねぇな」

言葉どおり、どこか申し訳なさそうな表情をしながら千秋は言う。

なお、春乃にはケンカレッスンと勉強会を中止にすることも、夏凛を家に送ることも伝えていない。折角春乃がクラスの友達に誘われたのに、自分のせいでお流れにさせたくないという夏凛の気持ちを汲《く》んだ結果だった。

「そうね～。数で来られた場合、はるのんまで守らなきゃとなると、さすがに厳しいものね～」

「何勝手にあたしを守られる側に回してんだよ。不良《バカ》どもの相手なんて、風邪引いてるくらいで丁度いいっつーの」

「だから、フラフラしながら言われても説得力ないよ。小日向さん」

と、先と同じ指摘をしたところで、ふと気づく。

「……僕は、守られる側に入ってないの？」

その言葉に、千秋と冬華は顔を見合わせた。

「いや、今のオマエ、どう見たって守られる側の人間じゃねぇからな」

「実際、こないだ一人で悪い子たちを追い払ったんでしょ〜？」

「それは、そうだけど……」

そんな史季の反応を見て何を思ったのか、夏凛はこんなことを宣《のたま》い始める。

「あー、やっぱちょっとしんどいかもなー。もうこれケンカとか絶対無理だわー。つーわけで史季。マジで不良《バカ》が襲ってきた時は、あたしのことバッチリ守ってくれよな」

棒読みっぷりがひどすぎることはさておき、そんな風に言われて「無理だよ」と返せる史季ではなく、諦めたように「はい。わかりました」と答えるしかなかった。

実は内心では、夏凛に「守ってくれ」と言われたことを、ちょっぴり嬉《うれ》しく思いながら。

そうして人知れず意気込みながら千秋たちと一緒に夏凛を家に送るも、危惧していた不良たちの襲撃はおろか、尾行されている気配もなかった。

意気込んでいた割りにはそのことに心底ホッとしているあたり、やはり自分はまだ守る側の人間ではないことを痛感する。

（……あれ？　でも、これって……）

夏凛が部屋を借りているマンションの階段を上りながら、またしてもふと気づく。

自分が今、期せずして夏凛の家に向かっていることに。

（いやいや、ないない。そのまま――）

「りんりんの家に上がること、期待しちゃってる顔になってるわね～」

図星を突かれ、ドキーンという擬音が聞こえてきそうなほどに心臓が飛び跳ねた。

「おっ？　もしかして折節、女子の家に上がったことねぇのか？」

千秋にまで図星を突かれ、再びドキーンと心臓が飛び跳ねる。

「盛り上がってるとこわりーけど、あたしは誰も家《うち》に上げる気なんてねーからな。それ以前に、狭いからこの人数でもきちーし」

「いいのかよ？　お粥《かゆ》くらいなら作っていってやってもいいんだぜ……冬華が」

「人任せかよ。つーか、こんな状態で冬華を家に上げる方が、不良《バカ》どもに襲われるよりよっぽど危ねーだろうが」

「それは一理あるな」

「ないわよ～。ちょっと汗拭いてあげるついでに、うっかりオッパイ揉《も》む程度のことしかしないわよ～」

「千理あるじゃねぇか！」

ツッコみを入れる千秋に苦笑しながら、史季は、女の子の家に上がる云々《うんぬん》の話が盛大に流れたことに一人安堵《あんど》していた。

そうこうしている内に、夏凛が扉の前で立ち止まる。

どうやら、彼女の部屋に着いたようだ。

「とにかく、お粥も作る必要なんてねーし汗も拭く必要なんてねーから、おまえらはもう帰れ。……あんまりあたしに構って風邪が伝染《うつ》ったら、わりーだろうが」

後半の言葉は、露骨にこちらから顔を逸《そ》らしながらだった。

耳が真っ赤になっているのは、熱だけのせいではないだろう。

千秋も冬華もニヨニヨと笑い、史季も思わず頰を緩めてしまう。

「ったく、んなこと言われたら、余計にほっとけなくなるんだが？」

「う、うっせー。おまえらもうほんと帰れ」

「へいへい」

「りんりん……ワタシ、りんりんの風邪ならいくらでも伝染《うつ》――あぁん♥」

夏凛に抱きつこうとした冬華の脇腹に、千秋のスタンバトンが炸裂《さくれつ》する。

もう幾十とこのやり取りを見てきたせいか、すっかり慣れてしまった史季は、床に倒れ伏す冬華を気にも留《と》めずに夏凛に言った。

「それじゃあ小日向《こひなた》さん。お大事に」

「……おう」

短く答えると、夏凛は逃げるように部屋に入り、

「サ、サンキュな、おまえら。送ってくれて」

照れの混じったお礼を残して、ゆっくりと扉を閉めた。

ちゃんと鍵を閉める音が聞こえてきたところで、千秋は小さくため息をついてから言う。

「あんなだから、ほっとけねぇんだよなぁ」

「よね～」

同意する冬華は、ニヨニヨ笑いを深めていた。

ケンカレッスンを受けている立場でこんなことを思うのも生意気かもしれないが、確かに千秋の言うとおり、あんな反応を見せられてはほっとけないと史季は思う。

「とはいえ、あんまり構いすぎるとヘソ曲げちまうかもしれねぇからな。ぼちぼちウチらも帰るぞ」

「そうね～……このまま遊びに行っちゃうってのも、りんりんに悪いし」

「てか、悪かったな折節。家、逆の方角なのに付き合わせちまって」

「ううん。僕も小日向さんのことが心配だったから。……送《おく》り狼《おおかみ》になりそうな人がいることも含めて」

史季と千秋の視線が、冬華に集中する。

視線を向けられた当人は、そっぽを向いて無駄に上手すぎる口笛を吹いていた。

そんな調子で駄弁《だべ》りながら三人揃《そろ》って階段を下りていき、マンションの外に出ると、もう少しだけ駄弁り込んでからその場で解散することに決め、各々《おのおの》帰途につく。

やはり誰か一人でも夏凜の傍《そば》についているべきだった――そう思わされる事件が、この後に起きることも知らずに……。

◇　◇　◇

部屋に入った夏凜はマスクを外すと、着替えもせずにそのままベッドに倒れ込む。

今のところは咳《せき》もほとんど出ていないし、吐き気もないのでそこそこに食欲もあるが、熱が高いせいで体があまりにも怠《だる》い。正直、立っているのもつらいくらいだった。

「あー……クソ……さすがに着替えねーと……」

言葉にはすれど、体が怠いせいで着替えることすらも億劫《おっくう》で、体を動かす気にはなれなかった。

このまま寝てしまいたいところだが、この状態で寝てしまったら余計に風邪が悪化してしまいそうなので、意識的に瞼《まぶた》を上げ、着替える気力が湧き出るのを待つことにする。

どれくらいの時間が経《た》った頃か。

ウトウトとしていたところ、制服のポケットに入れていたスマホが震え、慌てて瞼を上げる。

誰かが心配のメッセージでも送ってきたのかと思い、LINEを開くも、

「…………あ？」

思わず、ドスの利《き》いた声を漏らしてしまう。

個別という形でメッセージを送ってきたのは、春乃《はるの》だった。

だが、メッセージを送ってきた人間は、明らかに春乃ではなかった。

なぜならメッセージとともに送られてきた画像には、両手両脚を縛られ、どこかの床の上に気絶させられている春乃の姿が映っていたから。

そして肝心要のメッセージには、こう記されていた。

『貴様の後輩を預かっている。無事に返してほしければ、町外れにある廃倉庫に一人で来

い。言うまでもないが、貴様の仲間や警察にこのことをチクった場合、後輩の身の安全は保証しない。荒井』

既読がついたことを確認したのか、続けてもう一枚画像が送られてくる。

目印《ピン》がつけられた、地図の画像だった。

それが意味することが何なのかは、最早言《もはやげん》に及ばない。

「マジで、ナメた真似《まね》してくれんじゃねーか……！」

すぐさまベッドから起き上がると、先程まで着替えることすら億劫だったのが嘘《うそ》のような荒々しい足取りで、夏凛《かりん》は部屋から出て行った。

◇◇◇

そこは、繁華街の一角にある四階建てのテナントビルだった。

不景気の影響か、最上階に聞いたこともない会社の事務所があるだけで、残りは全て空室になっており、守衛も受付もいないせいか雰囲気はどこか廃墟《はいきょ》じみている。

そのビルの地下一階。かつては一つの会社がフロアを丸々事務所として利用していた空間を、荒井派の不良たちは根城の一つとして利用していた。

フロアの奥にはパーテーションで区切られた、かつては社長室として使われていた部屋があり、そこに川藤と取り巻きの二人、荒井派ナンバー2の大迫《おおさこ》、そして、気絶している春乃の姿があった。

「既読はついた。後は〝女帝〟が乗ってくれるかどうかだが……まあ、大丈夫だろう」

大迫は、その手に持っていた桃園春乃のスマホをポケットに仕舞いながら、川藤に視線を送る。

「まさかお前の醜態が、こんな形で役に立つとはな」

醜態とは勿論《もちろん》、川藤が折節に負けた件——川藤自身は認めていないが——を指した言葉だった。

もっとも、醜態だと思っているのは他ならぬ川藤自身で、正直思い出したくもない話だが、その一件があったおかげで春乃が〝女帝〟の後輩であることを、つまりは小日向派の一人であることを知ることができたのも事実。

その情報を提供したことで、大迫が、春乃を拉致することで〝女帝〟と小日向派の面子《メンツ》を分断する策を思いつき、実行に移したのであった。

なお、拉致の手段については、春乃と交友のある女子生徒を捕まえて、指定の場所に呼び出すように脅すという、彼女の交友関係を一顧だにしない悪辣なものだった。

当然、利用した女子生徒には、誰にも密告《チク》らないよう抜かりなく脅しをかけている。

「……ん？」

大迫が片眉を上げ、ポケットからスマホを取り出す。

先程仕舞った春乃のスマホとは別に持っている、大迫自身のスマホだった。

どうやら派閥の下《した》っ端《ぱ》から電話があったらしく、大迫は無駄に偉そうに「俺だ」と言いながら電話に出る。
二、三話すとすぐに電話を切り、自身のスマホと入れ替わる形で春乃のスマホを取り出し、川藤に言った。
「〝女帝〟が約束どおり、一人で廃倉庫《あっち》に向かっている姿が確認された。策を次の段階に進めるぞ」

「じゃ、じゃあ、大迫さん……」

「ああ。お前の要望どおり、折節とかいう野郎にヤキを入れるチャンスをくれてやる」

それこそが、情報提供の見返りだった。

この後、大迫は春乃のスマホを使って、月池千秋、氷山冬華、そして折節史季の三人にメッセージを送る手筈《てはず》になっている。

その内容は概《おおむ》ね夏凛に送ったメッセージと同じだが、呼び出す場所は荒井がいる廃倉庫ではなく、五〇人以上いる荒井派のメンツの内の実に四〇人が集まっている、このビルに書き換えていた。

夏凛と千秋たちを分断した上で両方とも潰す——それが大迫の策だった。

川藤も派閥の下っ端である以上、大迫の命令に従って小日向派を潰す兵隊として戦わなければいけないところだったが、先の見返りにより、一人自由に動くことを許された次第だった。

(本音を言やあ、〝女帝〟や月池たちとは別に、折節は個別で呼び出してほしいところだったが……)

下手に高望みすると、荒井と大迫に調子に乗っていると見なされる恐れがある。

史季にヤキを入れる前に、自分がヤキを入れられてしまっては元も子もないので、行動の自由を許されるというだけの見返りで満足するしかなかった。

「川藤。先に断っておくが、折節がビビって来ないというパターンもある。そこについては保証しねぇから、そのつもりでいろよ」

「ああ、それなら大丈夫っすよ」

折節への怒りと、その折節をもうすぐ血祭りに上げられる喜びが入り混じった笑みを浮かべながら断言する。

「あの愚図は、正義感だけは一丁前っすから。桃園が拉致られてるのを見りゃ、絶対に飛んでやってくるっすよ」

◇◇◇

千秋たちと別れた後、真っ直《ます》ぐに家に帰った史季のスマホにも、荒井からのメッセージ――実際に文を打ったのは大迫だが――が届いていた。

『貴様たちの後輩を預かっている。無事に返してほしければ、繁華街にあるビルの地下に来い。言うまでもないが、貴様の仲間や警察にこのことをチクった場合、後輩の身の安全は保証しない。荒井』

こちらのことを監視しているぞと言わんばかりに、既読後すぐに送られてきた、ビルの位置を示す画像を見つめながら史季は震えた声を上げる。

「こ、こんなの、いくらなんでも度が過ぎてる！　完全に犯罪じゃないか！」

だが、同時にこうも思う。

こんなことを平気でやらかす不良が集まっているからこそ、聖ルキマンツ学園は不良校として有名なのかもしれないと。

同じ不良でも、やはり荒井派《かれら》は夏凛たちとは違うと、あらためて思い知らされた心地だった。

「と、とにかく急がないと！」

一刻も早く春乃を助けにいかなければと思った史季は、すぐさまマンションの部屋を飛び出した。

自分一人で解決できる気は全くしない——などと弱気な考えは頭の片隅に追いやり、日が沈みつつある町を駆けていく。

繁華街に辿《たど》り着《つ》き、送られてきた地図の画像を確認しながらビルを探していると、横合いからコンコンと扉をノックするような音が聞こえてきたので、思わず振り向き……思わず目を見開く。

全面がガラス張りになっているオシャレなカフェ。

そのガラス沿いにあるテーブル席で、千秋と冬華がお茶をしていたのだ。

千秋が人差し指でクイクイとこっちに来るようジェスチャーしてきたので、史季はすぐに店内に入る。

メッセージには仲間にチクったら春乃の身の安全は保証しないとか書いてあったが、家に帰ったはずの二人がこの場にいるのはそういうことだろうと確信できたため、彼女たちと合流することには少しの躊躇《ちゅうちょ》もなかった。

むしろカフェのオシャレな雰囲気に気後れした史季は、別の意味で躊躇しながらも店内に入り、千秋たちがいるテーブル席へ向かう。

「折節もここにいるってぇことは、きたんだな？　あのＬＩＮＥが」

史季はやっぱりと思いながらも首肯を返し、椅子に腰を下ろしながらもスマホを操作して、荒井からのメッセージを二人に見せた。

「文面は、ワタシたちと全く一緒ね～」

「二人がここにいるってことは、ビルの場所はもう目星がついてるの？」

「ええ。あそこよ」

そう言って、冬華はカフェの斜め向かいにある四階建てのビルを指し示した。

「ネットであのビルのこと調べてみたら、地下フロアの画像に写ってた床が、春乃が捕まってる画像の床と同《おんな》じだったしな」

千秋はスマホを操作して、ビルのホームページに掲載されているフロア画像をこちらに見せてくる。

「これは……間違いなさそうだね」

「おまけに、連中があのビルに入ってくとこも目撃されてるしな」

今度はツイッターを開き、『ルキマンツ』で検索した結果を見せてくる。

『あの制服、聖ルキマンツ学園のだよな。こっわ』という呟《つぶや》きとともに上げられた、荒井派と思《おぼ》しき不良たちがビルに入っていく様子を写した画像や、『ルキマンツの連中がぞろぞろとビルの中に入っていった件』だの、『ルキマンツのアホどもがいっぱいでうぜー』だの、目撃情報が多数呟かれていた。

逆に春乃《はるの》の目撃情報は皆無だったが、アップされた画像に写る荒井派の不良どもが何かを隠すようにして人垣をつくっている様子や、不良の一人が春乃の鞄《かばん》を持ち運んでいる様子を確認することができた。

ここまで状況証拠が揃《そろ》っている以上、件《くだん》のビルに春乃が監禁されていることに最早疑う余地はなかった。

「あとは、りんりんが来るのを待つだけね～。どうせりんりんにも、同じＬＩＮＥが届いてるだろうし」

「あんな画像見せられたら、風邪引いてようが熱出てようが、じっとしていられるわけがねぇからな」

「ワタシ個人としては、絶対に止めたいところだけど……」

「さすがに止める気にはなれねぇな。今回ばかりは、ウチもだいぶ頭にきてる」

「といった具合に、りんりんもブチギレちゃってるだろうから、何を言ったたって止めることなんてできないわ。だから、ワタシとしーくんだけでも冷静でいましょうね～」

露骨に目が据わっている千秋とは対照的に、どこまでも普段どおりの冬華に、史季は「う、うん」とぎこちない首肯を返す。

そんな冬華の言葉に対し、千秋は「どの口で言ってやがる」と毒づいていた。

（というかこれ……小日向《こひなた》さんが来たら、そのままあのビルにいる荒井派の不良たちとケンカをする流れだよね）

しかも千秋も冬華も、態度からして史季のことを戦力と見なしているのは明白だった。

（確かに月池さんも氷山さんも、僕のことを守られる側の人間じゃないって言ってくれたけど……）

だからと言って、さすがに一戦力として見なされるのは、過大評価が過ぎると声を大にして反論したいところだった。

ツイッターに上げられた、荒井派の不良と思しき連中がビルに入っていく画像を見た限り、数からして荒井派に属する不良のほぼ全員があのビルに待ち構えている可能性が高い。

正直、戦力になるどころか自分の身すら守れる気がしない。

風邪で高熱を出していることも含めて、夏凛《かりん》には二重の意味でここに来てほしくないと思ってしまう。

「にしても、さすがに遅《おせ》えな。夏凛の奴《やつ》」

「眠ってて、LINEに気づいていないって可能性もありそうね～」

「それならそれで好都合だ。あともうちょい待っても来なかったら、夏凛抜きで殴《カチ》り込むぞ」

そんな二人の会話を聞いて、史季はふと疑問に思ったことをそのまま口にする。

「そういえば、どうして荒井派は僕たち全員に同じメッセージを送っているのに、仲間に報《しら》せるなっていう文面を入れたんだろう……」

途端、二人の視線がこちらに向けられ、史季は慌ててかぶりを振る。

「い、今のは気にしないで。別に深い意味があって言ったわけじゃないから」

「いや、気になったことがあるんだったら聞かせろ。言われてみれば確かに、おかしな話だしな」

「で、でも、本当にただちょっと疑問に思っただけで……」

「それでもいいんじゃないかしら？　荒井派の狙《む》い《こ》う《う》が小日向派《ワタシたち》を潰すことなのは間違いないだろうけど、それにしてはなんとなく違和感を感じるし、ワタシたちよりもずっと頭が良《い》いしーくんなら、気づけることがあるかもしれないし」

そこまで言われて首を横に振ることなんて史季にはできないので、素直に疑問を突き詰めることにする。

「そもそも一番おかしいのは、仲間に報せるなって言ってるのに、指定した目的地がみんな同じであることだよね。そんなことをしたら、今の僕たちのように、必然的に小日向派の全員が合流するのに……」

「あんま考えたくはねぇけど、わざと合流させて、それを理由に言いがかりをつけて春乃に危害を加えるつもりでいるとか？」

千秋の言葉に、史季はゆっくりとかぶりを振る。

「そんなことをしたら、人質をとった意味がなくなってしまう。荒井派の人たちが……こう言っては何だけど、みんながみんな頭が悪かった場合は、その限りじゃないけど」

「あぁ、その点に関しちゃ気にしなくていいぞ。ウチの学園の不良は確かにバカが多いが、悪知恵が絡《から》んだ途端に偏差値がぶち上がる野郎も少なくないからな」

「実際、荒井派ナンバー2の大迫《おおさこ》先輩とか、そんな感じだしね～」

なるほど――と頷《うなず》くも、だからこそ余計にわからなくなる。

「だったらなおさら、どうして荒井派は、人一人を拉致してまでこんな杜撰《ずさん》な真似《まね》をしたんだろう？」

「確かに杜撰よね～。本気でワタシたちを潰したいのなら、人質《はるのん》を使って一人一人別々の場所に呼び出した方が確実なのに」

何の気なしな冬華の言葉を聞いた瞬間に、気づく。

荒井派の狙いが、まさしくそれであることに。

史季はすぐさまスマホを取り出し、電話をかける。

突然話の流れを無視した行動に出る史季に、千秋は眉根を寄せながらも訊《たず》ねた。

「誰に電話かけてんだ？」

「小日向さんに」

「って……まさか連中の狙いは、小日向派《ウチら》じゃなくて夏凛一人だけだってのかよ⁉」

首肯を返しながらも応答を待ち……一定のコール数を経て「電話は繋《つな》がりません」というアナウンスが流れたところで呼び出しを切り、スマホを仕舞う。

「りんりん、出ないのね？」

常とは違って真剣な面持ちで訊ねてくる冬華に、史季は再び首肯する。

「荒井派が僕たち全員に同じメッセージを送っておきながら、仲間に報せるなっていう文面を入れたのは、小日向さんとの連絡を絶つためだったんだ。全ては、風邪で弱っている小日向さんを孤立させるために……！」

苦々しげに吐き捨て、史季は立ち上がる。

「とにかく、僕は一度小日向さんの家に行って――」

「っと、まだ行くな折節。今、夏凛の位置情報を確認すっから。ウチらと違ってスマホを置いてけとか言われてねぇ限りは居場所を確認できる。行くならその後だ」

言いながら、千秋はスマホを操作してGPSアプリを起動し……舌打ちした。

「家にはいねぇ。町外れの方にいやがる」

「だとしたら、ワタシたちとは別の場所に呼び出されたってことになるわね」

「クソっ。自宅《ヤサ》は不良《バカ》どもに知られねぇようにしてたから、送り届けさえすりゃもう大丈夫だろって思ってたら……それで油断してハメられてりゃ世話ねぇわ」

「たぶん陽動の意味もあるんでしょうけど、荒井派のメンバーのほとんどがこっちに来ていることを考えると、向こうは形だけでもりんりんと荒井先輩をタイマンさせようとしているのかもしれないわね」

「荒井の考えそうなこった。……ちっ、熱で弱ってる相手にタイマンとか、マジで形だけじゃねぇか！」

悔恨と苛立《いらだ》ちを滲《にじ》ませる二人に割って入るように、史季は訊ねる。

「それより、これからどうする？　電話に出なかったということは、小日向さんも仲間に報せるなって釘《くぎ》を刺されていると見て間違いないから、誰かが小日向さんを止めに行かないといけないけど……」

「春乃のことも当然ほっとけねぇからな。二手に分かれるしかねぇだろ。ただ、夏凛を止めに行く方には十中八九荒井が待ち構えてるだろうし、今から向かったところで夏凛が先に目的地に辿《たど》り着《つ》いてる可能性が高《たけ》ぇ」

「てゆ～ことは、りんりんを止めに行った側は、ほぼ確実に荒井先輩とやり合うことになるわね……」

「けど、こっちはこっちで荒井派の不良《バカ》どもがウジャウジャいやがるからな。人数配分は必然的にこっちが二人、夏凛の方が一人ってことになる」

「となると、りんりんの方には必然的に……」

二人に揃って視線を向けられ、史季は後ずさりそうになる。

「あ、あのぉ……氷山さんさっき小日向さんの方に行ったら、ほぼ確実に荒井先輩とやり合うことになるって……言いましたよね？」

意味もなく敬語で訊ねると、冬華は至極真面目に首肯を返してきた。

「それってつまり、小日向さんが熱でまともに動けなかった場合は、一人で荒井先輩を倒さないといけないってことになりますよね？」

「そのとおりよ。だから、しーくんにお願いするしかないの。ワタシも、ちーちゃんも、荒井先輩には勝てそうにないから……」

「完璧に負けたウチとは違って、オマエはまだワンチャンあったかもしれねぇだろ」

「ないわよ。あの時りんりんが来てくれなかったら、確実に負けてたわ」

そんな会話を聞いて、知らず息を呑《の》む。

千秋と冬華の強さは、史季も知っている。

その二人に、はっきりと「勝てない」と言わせるあたり、やはり荒井は他の不良たちとは格が違うことを思い知る。

そんな怯《おび》えと緊張が、例によって顔に出ていたのか、

「って、別にしーくんを恐《こわ》がらせようと思って言ってるわけじゃないのよ？」

「そうそう。ちなみにあの野郎、スタンバトンを最大出力でくらわしたり、ベアリング弾をしこたまぶち込んでも『それがどうした』の一言で済ませやがる程度にはバケモンだけどな」

「その情報今いる⁉」

「いるから言ってんだよ。そんだけタフな野郎でも、オマエの蹴りなら倒せる可能性があると、ウチも冬華も思ってるからな」

「逆に言うと、ワタシもちーちゃんも、荒井先輩を倒せるだけの武器がないの。ちーちゃんの道具《ドーグ》は何くらっても膝すらついてくれなかったし、ワタシはそもそも荒井先輩を転ばせる手段がないから寝技に持ち込めないし、立ち関節は力尽くで振り払われるし、飛びつき腕ひしぎなんて無茶やってもワタシごと持ち上げられちゃうし」

二人の話を聞いて、史季はますます戦々恐々となるも、

「まー、りんりんはその荒井先輩をボッコボコにしちゃったんだけどね～」

「ウチらがやられてブチギレてたせいもあってか、見ててスカッとするくらいのボコりようだったな。アレは」

続けて二人の口から出てきた言葉に、思わず目が点になってしまう。

以前、荒井派と廊下で鉢合わせになり、夏凜と睨《にら》み合《あ》った際に荒井の方から引き下がるような動きを見せたことを、史季はしっかりと憶《おぼ》えている。

だから、夏凜が荒井にケンカで勝ったことは容易に想像できたが、まさか身長が二メートル近くもある荒井を、一六〇センチもない夏凜が一方的にボコボコにしたという話は、驚きを通り越して呆《あき》れるしかなかった。

「言《つ》っても、いくら夏凜でも、あんなフラフラの状態じゃさすがに勝ち目はねぇ。そんでもって、今この中で荒井に勝てる可能性があるのは折節……オマエだけだ」

千秋の言葉に、史季はブルブルとかぶりを振る。

「むむ無理だよ！　僕まだケンカらしいケンカしたこともないんだよ⁉」

「でも、しーくんはスパーリングごっことはいえ、りんりんに触ることができた。それって凄《すご》いことなのよ」

「あ、あれは、小日向《こひなた》さんの調子が悪かっただけで……」

「確かに、今にして思えばあの時点で調子が悪かったのかもしれないけど、それでも誤差のレベルよ。少なくとも、荒井先輩だったらりんりんに触ることなんて絶対にできなかったわ」

その言葉が信じられなかった史季は、冬華ではなく千秋に視線を向ける。

「言ったろ。スカッとするくらいボッコボコにしたって。そん時の荒井、マジで夏凛《かりん》を相手に何もできなかったからな。向こうはどんだけ頑張っても指先すらかすりもしねぇのに、夏凛の鉄扇はボコボコ当たるからな。ウチでさえも、見てて荒井が可哀想《かわいそう》になったくらいだぞ」

先程から聞かされる情報は断片的だけど、つくづく夏凛が規格外だということを史季は痛感する。

「だから折節なら勝てる――なんて無責任なことは言わねぇ。だけど、それでも……」

千秋は突然テーブルに両手を突き、頭を下げた。

「ちょッ⁉　月池さん⁉」

狼狽《ろうばい》する史季を尻目に、千秋は少し涙の滲んだ声音で言った。

「夏凜は大切な友達《ダチ》なんだ……！　悔しいけど、ウチらが行ったたって荒井を倒すことなんてできねぇ……！　だから、頼む……！」

「ワタシからもお願い、しーくん」

そう言って、冬華までもが頭を下げてくる。

荒井に勝てる勝てないは別にしても、女の子にここまでされて「NO」と言える史季ではなく、

「わ、わかった……僕が小日向さんのところに行くよ。それに……大勢の相手とのケンカのやり方はまだ教えてもらってないから、こっちに残ったところで役に立たないかもしれないし……」

千秋と冬華は揃《そろ》って頭を上げると、片や目尻に溜《た》まった涙をゴシゴシと袖で拭い、片や心底安堵《あんど》したような吐息をつく。

そんな二人を見て、それだけ無茶なお願いをしている自覚があったのだろうと、それだけ夏凜のことを想《おも》っているのだろうと、史季は思う。

だからこそ、二人の期待に応えてあげたいとも。

「そのかわりというのも変だけど、桃園さんのことはお願い」

「わぁってる。折節に無理言ってんだ。ウチらはぜってぇに春乃《はるの》のこと助けんぞ、冬華！」

「勿論《もちろん》よ～。はるのんも、りんりんと同じくらい大切な友達だものね～」

三人は互いに顔を見合わせ、頷《うなず》く。

夏凛も春乃も絶対に助ける――そんな決意を胸に刻んで。

第七章　抗争

別にあたしは、自分は不良《バカ》どもとは違うだなんて言うつもりはない。

あたしのやってることは、ただ気に入らねー奴《やつ》をシメてるだけ。

だから周りが言うほど、あたしと不良《バカ》どもにたいした違いはない。

だけど、それでも、あいつと同類だと思われることだけは願い下げだった。

「荒井……今度という今度は、マジで許せねーぞ……」

町外れにある河川敷《かせんじき》道路をフラフラと歩きながら、夏凜は吐き捨てる。

LINEに送られてきたメッセージと画像を見て、勢いをそのままに飛び出してきたためその口にはマスクは付いておらず、パインシガレットも咥《くわ》えていない。

思い返せば、夏凜が一年の頃から荒井は最低な野郎だった。あれだけ体格《ガタイ》に恵まれているくせに、勝つためならどんな手段も厭《いと》わないクソ野郎だった。

今よりも直接的に派閥同士でやり合っていた頃、荒井はあえて一般生徒《パンピー》を巻き込んだり、当たり前のように不意打ちを仕掛けてきたりと、圧倒的に数で上回っているにもかかわらず、さらにこちらが不利になるようケンカをふっかけてきた。

その結果、孤立させられた千秋が荒井にやられ、駆けつけた冬華までもがやられそうになり、さすがの夏凛もとうとう堪忍袋《かんにんぶくろ》の緒が切れて荒井を病院送りにした。

それ以降は大人しくしていたから、さすがに懲りたと思っていたらこれである。最早《もはや》、堪忍袋の緒が切れたどころの騒ぎではなかった。

夏凛にとってなによりも気に入らねー野郎は、やり返してこないとわかっている相手を平然と踏みにじり、悦に入るクソ野郎だ。

この学園には、そういうクソ野郎が山ほどいたが、荒井はその中でも極めつけだった。

明らかに戦う力のない春乃を巻き込むだけでは飽き足らず、拉致して人質にとるという犯罪行為に走るなど、クソの中のクソとしか言いようがなかった。

「ぜってーブチ殺す……！」

常よりも力の入らない体を、怒りという感情で無理矢理動かしながら、夏凛は歩き続け……とうとう廃倉庫に辿り着く。

倉庫の奥では、積み上げたパレットを玉座代わりにしている荒井と、荒井派の不良が数人、待ち構えていた。

「ちゃんと一人で来たようだな」

上から目線で言ってくる荒井に、夏凛は嘲笑を浮かべながら返す。

「ああ。誰かさんと違ってな」

「んだとぉッ！？」

下《した》っ端《ぱ》の不良が夏凛の挑発に反応するも、荒井が小さく手を上げることで制してきたため、すぐさま押し黙る。

「なってねーな。下っ端の躾《しつけ》が」

挑発するように言いながらも、この倉庫にいる不良《バカ》どもの数が一〇人にも満たない事実に、夏凛は内心舌打ちする。

荒井派の人数は五〇を超えている。にもかかわらず、この程度の数しかいないのは、この場においてはそこまでの大人数は必要ないと向こうが考えている証左であり、人数が少ない理由については、考えられる限りでは一つしかなかった。

(荒井ならこんくらいやってくるだろうとは思ってたけど、案の定ここには春乃はいなさそうだな……クソっ)

おそらくは、この廃倉庫から遠く離れた場所で春乃を監禁し、派閥メンバーの大多数をそこの守りに投入しているのだろう。

だとしたら、千秋たちがそちらの方に呼び出されているか、もしくはこちらと同様、春乃が監禁されている場所とは違うところに呼び出されている恐れがある。

もっとも後者に関しては、人一人を連れ込めるような都合の良《い》いたまり場などそうそう持てるものではないので、可能性としては低いと見て構わないだろうが。

いずれにせよ、助けは期待できないと思った方がいい——などと、ケンカの時だけはよく回る頭でアレコレ考えている内に、荒井が立ち上がる。

「わざわざ人質をとってまで、貴様を呼びつけた理由は他でもない。小日向……俺とタイマンしろ」

どの口が言いやがる——という言葉は、かろうじて飲み込んだ。

どうやら荒井は、以前ボコボコにしてやった件で甚《いた》く矜持《プライド》が傷つけられたらしい。

人質を使って無抵抗を要求するのではなく、形だけでも正々堂々とタイマンであたしのことを潰したいようだ。こっちが風邪で熱出してフラフラしているタイミングを狙っている時点で、タイムセールよりも安いプライドではあるが。

だがこれは、千載一遇のチャンスでもある。荒井の気が変わる前にブチのめしてしまえば、人質もへったくれもなくなる。下っ端連中も自分たちの頭がやられてなお、拉致などという犯罪行為を続ける気にはなれないはず。

(問題は、体格《ガタイ》の良さからくる荒井の異常なタフさだな)

前回のケンカで、夏凛は確かに荒井をボコボコにしたが、それでも倒すまでにはそれなり以上に時間を要した。荒井の気が変わって人質を使う前に倒したいところだが、絶不調の今の状態では、正直かなり厳しいと言わざるを得ない。

（けど、やるしかねーよな……！）

己を鼓舞するように不敵に笑み、露骨な挑発を荒井に返した。

「いいぜ。前ん時と同じようにボッコボコにしてやんよ」

「やってみろ。やれるものならな！」

以前、夏凛が言った言葉をそっくりそのまま返しながら、荒井が突っ込んでくる。

その巨体からは想像もつかない俊敏さであっという間に距離を詰め、ボクサーのジャブを彷彿《ほうふつ》とさせる矢のようなパンチを放ってくる。

見た目どおりの膂力《パワー》と耐久力《タフネス》に加えて、見た目に反した敏捷《スピード》。

荒井を前にした不良に待ち受けているのは、反則的なまでの身体能力を前に為《な》す術《すべ》もなく蹂躙《じゅうりん》される未来のみだった。

相手が〝女帝〟――小日向夏凛でなければ。

「遅《おせ》ーよ」

夏凛は半身になってパンチをかわすと同時に、伸びきった荒井の腕を、閉じた鉄扇の先端で突き上げる。

瞬間、荒井の表情がわずかに歪《ゆが》む。

夏凛《かりん》が突き上げた箇所は、内肘から指三本分、上にいったところにある経穴――青霊《せいれい》。

打たれると腕に痺《しび》れが走る、人体の急所の一つだった。

「クソがぁッ！」

タフネスの為せる業か、荒井は痺れた右腕を無理矢理振り回すも、その時にはもう夏凛は身を沈めており、がら空きになった脇腹の経穴――章門《しょうもん》に鉄扇の一撃を叩《たた》き込む。

男から見れば小柄な体格を最大限に利用し、相対する者に触れさせることなく一方的に的確に鉄扇で人体の急所を攻撃する。小日向《こひなた》流扇術《せんじゅつ》に、これまでに培《つちか》ってきたケンカの経験をプラスさせたこの戦法で、夏凛は聖ルキマンツ学園の頭《トップ》にまでのし上がった。

だが、今の彼女は、

「効かんなぁッ！」

攻撃直後こそが最大の狙い目だと言わんばかりに、荒井は左拳を振り下ろしてくる。

荒井がタフすぎるという理由もあるが、発熱のせいで手元が狂ったことで鉄扇の一撃が経穴からズレてしまい、結果、反撃を許してしまったのだ。

即応した夏凛は、自身の絶不調ぶりに舌打ちを漏らしながらも、飛び下がってパンチをかわす。

夏凛ほどではないにしろ、かなりの速さで反応した荒井がすぐさま床を蹴り、距離を詰めてくる。

続けて繰り出されるは、長いリーチを活《い》かした右ストレート。夏凛はそれを旋転しながら回避し、遠心力を上乗せした鉄扇で、思い切り延髄を打ち据えるも、

「⁉」

自分で思っていた以上に体に力が入っていなかったのか、打ち据えた瞬間の衝撃に耐えられなかった右手が鉄扇を保持しきれず、彼方《かなた》へと飛んでいってしまう。

夏凛の手から鉄扇が離れたことは荒井も気づいており、延髄を打ち据えられた直後とは思えないほどの淀《よど》みなさで、正対したまま、飛んでいった鉄扇と夏凛の間に割って入る位置に移動する。

川藤たちとは違ってケンカ慣れしているからこそ、冷静に相手が最も嫌がる手を打つことができる。それもまた、荒井の強みの一つだった。

「どうした？　顔色が悪いぞ？」

わかりきった問いを、嘲笑混じりにぶつけてくる。

「てめーの顔見てると、嫌でも顔色悪くなるっつーの」

鼻で笑いながらも強がりを返す。内心では、冷汗をかきながら。

打ち据えた衝撃に耐えられず鉄扇が飛んでいったということは、それだけ握力が弱っている証左。

握力は攻撃力に直結する。直接拳で殴りつけるにしろ、鉄扇で打ち据えるにしろ、しっかりと握り込んでいなければ、その威力は大きく減《げん》じる。

それだけならまだしも、自身の手を痛めるリスクも増大し、事実夏凛も、鉄扇を失った右手にはいまだ痺れるような痛みが残っていた。

（こりゃ、マジでやべーかもな）

こんなザマでは、荒井が人質を使う前に倒すどころか、そもそも倒すこと自体が至難だと言わざるを得ない。

（それでも、やるしかねーっ！）

今一度、心の中で覚悟を口にする。

千秋と冬華が戦友《ダチ》ならば、春乃《はるの》はかわいい後輩だ。その後輩が、あたし絡《がら》みの揉《も》め事《ごと》が原因でつらい目に遭っている。泣き言なんて言ってられない。

現状は左手の鉄扇で戦いながら、隙を見て荒井の後方にある鉄扇を回収する。

そこから先は、

（なるようにするしかねーよなぁっ！）

絶対に勝って春乃を助ける──その決意一つを胸に、夏凛は勝機の見えない戦い《ケンカ》に身を投じる。

◇◇◇

夏凛が町外れにいるとなると、二本の足で走って追いかけるのは現実的ではない。

ゆえに千秋と冬華は、自転車に乗ってカフェの近くを通りかかったサラリーマン風の男を捕まえ、とある見返りと引き替えに借りた自転車に史季を無理矢理乗せて送り出した。

そしてその見返りのために、冬華はサラリーマンの男と二人で路地の奥へと消え、

「お待たせ〜、ちーちゃ〜ん」

数分後、一人表通りに戻ってきた。

千秋は冬華を認めるや否《いな》や、スカートの下から取り出した除菌用ウェットティッシュを投げつける。

「ナニ触ってきたかわかったもんじゃねぇからな。とりあえず、それで手ぇ拭いとけ」

「あら？　手だけとは限らないわよ〜？」

ウェットティッシュで両手を拭きながら、舌舐《したな》めずりをする冬華。それだけで、冬華が

サラリーマンを相手にナニをしていたのか察してしまった千秋は、思わず頭を抱えた。

「とにかく、本番まではやってねぇってことでいいんだな？」

できるだけ平静を装《よそお》いながら訊《たず》ねるも、

「あらあら～？　ちーちゃん、ちょっとお顔が赤くなってるわよ～」

気恥ずかしさが頬を火照《ほて》らせてしまったらしく、ニヨニヨ笑っていた冬華の尻を、照れ隠しついでにスパーンと叩《はた》く。

「あぁん♥　激しい♥」

「喘《あえ》ぐな。で、どうなんだ？」

「勿論《もちろん》やってないわ～。そもそもそこまでやる時間がなかったし、後のことを考えると、体力はできるだけ温存しておきたいところだもの。ま～、腰が砕ける程度には満足させてあげたけどね♥」

またしても色々と理解できてしまった千秋は、再び頭を抱えた。

今度は、頬が熱くなっていることをはっきりと自覚しながら。

いちいち振り回されてもいられないと思った千秋は、さっさと話を進めることにする。

「連中が指定したビルの地下について、スマホでもうちょい詳しく調べてみたけど、どうにも連中が根城にしてる地下フロアは、入口が一つしかねぇみてぇだ」

「要するに、人質とってる相手に真っ正面から強行突破するしかないってわけ〜？」

心底嫌そうな顔をする冬華に、千秋は鼻を鳴らす。

「そこは心配すんな。女相手に多勢に無勢だからな。最初《のっけ》から『人質がどうなってもいいのか？』なんてダセぇ真似《まね》は、さすがに矜持《プライド》が許さねぇだろ」

「でもそのプライド、相当お安そうよ？」

「だから、連中がやっすいプライドを投げ捨てるまでの勝負ってこった」

奇《く》しくも、荒井とタイマンを張っている夏凛と同じ結論に至ったところで、千秋と冬華は顔を見合わせてから一つ頷《うなず》き、ビルの入口へ向かう。

その途上、千秋は常よりも真剣な物言いで忠告する。

「……冬華。一つだけ言っとくけど、キレんなよ」

「あら？　何のことかしら〜？」

いつもどおりすぎる返事に、千秋は諦めたようにため息をつく。

「もういい。いつもどおり、ウチが引っかき回すから、オマエはそのドサクサに紛れて春乃を助けてやってくれ」

「りょ〜かい」

◇◇◇

荒井派の根城の一つであるビルの地下フロア。

階段とエレベーターが合流する玄関広間《エントランス》の奥、唯一の入口となる扉を抜けた先にある広間には、五〇人を超える荒井派の不良の内の四〇人以上が集まっていた。

川藤とよくツルんでいる、川藤の取り巻きこと江口《えぐち》と田村《たむら》もその内の二人で、他のメンバー《メンバー》たちと同様、ダラダラと煙草《たばこ》を吸いながら、〝女帝〟の仲間がカチ込んでくるのをダラダラと待っていた。

「な～、田村」

「なんだよ、江口？」

「川藤の奴《やつ》、どこ行ったんだ？」

「あぁ……なんか折節が〝女帝〟の方に向かったらしくてな。それを知って単車に乗って、追いかけてったぞ」

「拘《こだわ》ってるね～」

「折節にやり返されたことに、だいぶキレてたからな。ヤキ入れるまでは気が済まねぇんじゃねぇか?」

「っぽいな。つうか、いまだに信じられね～よ。川藤が折節に負けただなんてな」

「おいおい、『負けた』とか言うなよ。川藤が聞いたらマジギレすんぞ」

「わり～わり～。でもよ、折節とかぶっちゃけ俺らよりも雑魚《ざこ》じゃん?」

「自分で雑魚とか言うなよ。哀《かな》しくなるだろうが」

「てめ～はてめ～で否定しろっての」

などと、ダラダ駄弁《だべ》っていたところで、ふと気づく。

フロア内が、妙に煙たくなっていることに。

他の派閥メンバーも煙には気づいており、

「おい……なんか煙たくねえか?」

「ま、まさか火事⁉」

「落ち着け! 別に焦げ臭くもなんともねえだろ!」

そこかしこから動揺の声が上がっていた。

「おい、江口……これってもしかして……」

「来たのか⁉ 小日向派が⁉」

直後、唯一の入口となる扉が蹴破られ、煙玉と思《おぼ》しき玉状の物体がいくつも広間に投げ込まれる。と同時に、中に入ってきた小さな影が、いやに長いスカートからさらに複数の煙玉をばらまき、広間を白煙で満たした。

「小日向《こひなた》派だ！　小日向派がカチ込――ッ⁉」

「どこにいんだよ、お――ッ⁉」

「入口だ！　入口へ向か――ッ⁉」

そこかしこから聞こえてくる怒声が、バチッという音とともに次々と途切れていく。

「お、おい、田村！　なんかやべ～ぞ！」

江口が悲鳴じみた声で相方に呼びかけるも、返ってきたのはバチッという音と、人が床に倒れる音だけだった。

田村がやられた⁉――と思う間《ま》もなく、突如として背中を襲った電撃によって、江口の意識は奈落の底へと落ちていく。

完全に意識がなくなる寸前、江口の視界に映ったのは、白煙の中に消えていく、スタンバトンを両手に携えた月池千秋の小さな背中だった。

◇　◇　◇

地下広間の隅、パーテーションによって区切られた部屋には、気絶している春乃と、荒井派のナンバー2――大迫《おおさこ》の姿があった。

外から聞こえてくる喧噪《けんそう》と、パーテーションの隙間からわずかに入り込んでくる煙を見て、大迫は確信する。

「小日向派が来たか。しかしこいつは……」

下《した》っ端《ぱ》どもの怒声と悲鳴を聞いているだけでわかる。

連中が良《い》いように攪乱《かくらん》されていることが。

「十中八九、月池の仕業だろうが……荒井の要望もあって、こっちにほとんど人員を割いたというのにこのザマとはな。やはり下っ端では手に余るということか」

まあ、最悪俺一人でなんとかすればいいだけの話か――などと考えながらもため息をつき、部屋の唯一の入口となる扉に視線を送る。

直後、はかったようなタイミングでその扉が開いた。

「は～い、大迫先輩」

そんな軽い挨拶とともに部屋に入ってきたのは、案の定というべきか、氷山冬華だった。

「やはり、てめぇだったか」

「あら、女の子を相手に〝てめぇ〟だなんて。ダメよ、そんな乱暴な呼び方をしちゃ」

言いながら、冬華は切れ長の視線を、部屋の隅で気絶している春乃に移す。

「勿論、女の子をあんな乱暴な扱い方をすることも、ね」

頰に湛《たた》えていた笑みを消す彼女とは対照的に、大迫は獰猛《どうもう》な笑みを浮かべる。

「生憎《あいにく》、女は乱暴に扱うのが好きなもんでな」

「だからモテないのよ」

「モテる必要なんてねぇんだよ。力で従わせれば済む話だからな」

「本っ当に最低ね……」

冬華は吐き捨てながらも左肩と左脚を前に出し、両手を浅く開く。柔道で言う、左自然体の構えというやつだ。

言動は卑猥《ひわい》でふざけてばかりいるが、柔道で培《つちか》った彼女の技術は脅威に値する。

だからこそ、服だろうが体だろうが安易には摑《つか》ませない——と、油断なく警戒していた大迫にとって、彼女が打った初手は意表を突かれるものだった。

冬華が一歩踏み出してきたのも束《つか》の間《ま》、

「⁉」

鼻っ柱に受けた衝撃に、大迫は目を白黒させる。

殴ってきたのだ、冬華が。

組み技ばかりを警戒していたこちらの内心を、見透かしたように。

（慌てるな……！　この程度たいしたダメージじゃねぇ……！）

事実、鼻っ柱を殴られたにもかかわらず鼻血は出ておらず、痛みもほとんどない。

ただ当てるための、威力を犠牲にして速さに全振りしたようなパンチだった。

こんなもの何百発くらおうが問題じゃない――などと思っていた大迫だったが、パンチをくらって一瞬目を閉じてしまった隙に、冬華が視界から消えていたことに戦慄する。

（パンチの狙いがこれだったとしたら……⁉）

まずい――と思うよりも早くに、利《き》き腕《うで》である右手首を掴み取られ、後方に思い切り引っ張られる。と同時に、右手首を捻《ひね》られたことで腕の関節を逆に反らされ、その状態から上腕を脇で固められてしまう。

冬華が脇を支点に体重をかけてきた刹那、肩と肘に尋常ではない負荷がかかり、大迫は半ば反射的に膝を突く。無理に堪《こら》えて立ち続けていたら、肩か肘、いずれかの関節を外されていたところだった。

腕ひしぎ脇固め。柔道でも反則がとられやすい危険度の高い関節技で、事実、今の大迫のように腕ひしぎ脇固めが極《き》まっている状態から、体を捨てる行為は反則とされている。

だが、不良同士のケンカにおいて反則などという生温《なまぬる》い言葉は、存在しない。

格闘技について色々と囓《かじ》っていた大迫は、この後訪れる自身の未来を予見し、慌てて冬華に許しを乞う。

「ま、待て氷山！　俺が悪かった！　負けを認めるから放してくれ！」

「あら？　何を言ってるのかしら？」

不意に冬華の声音が、その名字を想起させるほどに冷たくなる。

そして、切れ長の双眸《そうぼう》をゆっくりと開きながら言い捨てた。

「ワタシの友達を拉致したり、風邪で弱ってるとこを襲うようなことしといて、今さらそれは都合が良すぎると思わない？」

直後、冬華は腕ひしぎ脇固めを極めたまま、大迫の右肩から落ちる形で倒れ込み――断末魔じみた悲鳴が、部屋中に響き渡った。

◇◇◇

最後の一人をスタンバトンで気絶させた千秋は、煙玉による白煙が粗方晴れた広間に視線を巡らせる。

倒れている不良どもの数は、だいたい三〇人程度。

荒井派の数を考えるとやや少ない人数だが、白煙で視界を閉ざされ、どこから攻撃されるかわからない状況に恐れを為《な》して逃げ出した腰抜けがいたことや、何人かは荒井に付き従っている可能性を考えると、全滅と見なすには充分すぎる人数だった。

千秋は額から流れる汗を袖で拭い、疲れが滲《にじ》んだため息をつく。

いくら集団戦《ゴチャマン》が得意と言っても、これほどの数を一人で一度に相手をするのは、さすがにしんどいものがある。もう少し休んでから冬華のもとに行きたいところだけれど、ケンカの最中にパーテーションの向こうから何度も大迫の悲鳴が聞こえてきたことを考えると、あまりのんびりとはしていられない。

千秋が危惧していたとおり、冬華は今ブチギレている。

そしてブチギレた冬華は、やり過ぎてしまう可能性が高い。

正直、大迫がどんな目に遭わされようが知ったことではないが、そのせいで冬華が停学をくらったり、少年院《ネンショー》送りになってしまったりするのは絶対に嫌だ。

だから疲弊した体に鞭《むち》を打ち、小走りでパーテーションで仕切られた部屋へ向かった。

扉を開いて中に入り、部屋の中央で大迫の首を絞めながら床に寝転がっている――確か、送り襟締めと言ったか――冬華を認めると、千秋は優しく彼女の名前を呼ぶ。

「冬華」

千秋の声を聞いて我に返ったのか、冬華がいつもよりも開かれた双眸をこちらに向けてくる。

「大迫《ソイツ》はもう気ぃ失ってる。それ以上やったら死んじまうぞ」

ビクンビクンと痙攣《けいれん》している大迫を顎で示すと、冬華は、彼の首に回していた腕をゆっくりと解いた。

完全に気絶している大迫をゴロンと横に転がし、その場にへたり込むようにして座る冬華に、千秋はゆっくりと歩み寄る。

すぐ傍《そば》まで来た瞬間、冬華は膝立ちの体勢でこちらに抱きついてくる。

突然の抱擁《ハグ》に驚きもしなかった千秋は、膝立ちゆえに自分よりも低い位置にある冬華の頭をポンポンと撫《な》でた。

「……ワタシね、みんなのことが大好きなの」

「ああ。ウチもだ」

「でもね、大好きだって言っても、それは恋人としてじゃなくて友達としてなの。だって、恋は冷めちゃうこともあるけど、友達同士ならそんなこともないでしょ？」

「同意してやりてぇのは山々だが、恋って、んな簡単に冷めるもんか？」

苦笑しながら小首を傾《かし》げる千秋に構わず、冬華は続ける。

「その友達をね、ひどい目に遭わせようとしたこの人たちのことが、許せなかったの」

「許せねぇ気持ちはわかるが、やり過ぎんな。そのせいで一緒に卒業できなくなるなんて、ウチは嫌《や》だからな」

「……ごめんなさい」

「わかればよろしい」

素直に謝る冬華の頭をもう一度ポンポンと撫でてから、ゆっくりと体を離す。

醜態を晒《さら》したとでも思っているのか、今度こそ本当に我に返ったのか、冬華は長い髪を手で梳《す》くフリをしながら赤くなった顔を隠していた。

そんな彼女を見て再び苦笑しながらも、一年の頃、自分が荒井にやられてしまった時のことを思い出す。

千秋が荒井にやられたことを知ってブチギレたのは、夏凛《かりん》だけではなかった。

あの時は冬華も、夏凛と同じくらいにブチギレていた。

力及ばず返り討ちにされかけたものの、彼女にしろ夏凛にしろ、自分のためにブチギレてくれたことは、実のところ今でも嬉《うれ》しいと思っている。もっとも自分は冬華と違ってひねくれているので、そんな気持ちは決して口に出したりはしないが。

知らず苦笑を深めながらも、気絶している春乃《はるの》のもとへ向かい、彼女の両手両脚を縛っていた紐《ひも》を解《ほど》いてペチペチと頰を叩《たた》く。

「おぉ～い。大丈夫かぁ～。春――……」

千秋は思わず、春乃を呼ぶ声を、頰を叩く手を止めてしまう。

なぜなら、

「すぴー……すぴー……」

春乃の口から、何とも健やかな寝息が聞こえてきたからだ。

これには千秋も、ちょっとイラッとしてしまう。

「起！　き！　ろ！」

モチモチっとした頰を両手でつねり、大声を出す。

これにはさしもの春乃も目を覚ましたらしく、寝ぼけ眼《まなこ》でこちらを見つめ、

「千秋せんぱ～い……っ」

泣きじゃくりながらも抱きついてきた。

「オマエもかよっ⁉」

素っ頓狂な声を上げる千秋を尻目に、春乃は引き続き泣きじゃくりながらも言う。

「わた……わたじっ……お友達に誘《さそ》われて……待ち合わせ場所に行っだら……こ、恐《こわ》い人だぢに……囲《がこ》まれでぇ……」

ZZZ

「あぁもう！　よしよし！　泣くな泣くな！」

ギャン泣きする春乃の頭を、よしよしと撫でくり回す。

さっさとここを出ていかないと、気絶させた不良《バカ》どもが目を覚ますかもしれないとか、ちゃんと春乃の身の安全を確保したら史季に報《しら》せてやらないとか、任せたと言っても史季一人に重荷を背負わせるわけにはいかないから、自分たちもさっさと夏凛のもとへ向かわないとか、やるべきことは多々あるけれど。

今は春乃を泣き止《な》《や》ませないことには何もできないので、引き続き全力でよしよしと頭を撫でくり回した。

◇◇◇

西の空が燃えるような茜色《あかねいろ》に染まり始めた時分。史季は、冬華がサラリーマンの男性から借りた自転車を必死に漕《こ》ぎながら、町外れを目指していた。

正直こんな形で他人の自転車を拝借するのは気が引けたが、事は急を要するので、良心の呵責《かしゃく》に関しては今は無視を決め込むことにする。

しばらく自転車を漕ぎ続け……町外れにある河川敷《かせんじき》が見えてきたところで一度立ち止ま

り、スマホのGPSアプリを起動する。

言うまでもないが、史季は夏凜と位置情報の共有なんてしていない。

このスマホは千秋から借りた、予備のスマホだった。

スマホを二台以上持っていることといい、スカートの下に隠された凶器の数々といい、もしかしたら千秋は良《い》いところのお嬢様なのかもしれない。などと、余計なことを考えるのはこのくらいにして、夏凜の位置情報が更新されていないかを確かめる。

「これは……」

夏凜の位置を示す目印《ピン》は、今いる場所から河川敷道路に上がり、しばらく進んで道路を下りた先にある地点を示していた。最初に彼女の位置を確認した場所から少ししか移動していないところを鑑《かんが》みるに、そこが荒井に呼び出された地点と見てまず間違いないだろう。

「ということは……このまま向かえば、最悪の場合、荒井先輩とタイマンになるかもしれないわけで……」

ついそんな未来を想像してしまい、全身に悪寒《おかん》が駆け巡る。

一ヶ月ほど前の昼休み。夏凜とともに荒井と対峙《たいじ》した時のことは今でも覚えている。

その巨体から醸《かも》し出《だ》される威圧感を前に、喉がカラカラに干上がり、体はガクガクと震え上がり、心の底から荒井に恐怖した。

もしタイマンになんてことになったら、全く勝てる気がしない。

だけど、

「だから……なおさら、小日向《こひなた》さんと戦わせちゃいけない……！　いけないいんだ……！」

夏凛を家に送る際、彼女は棒読みながらもこう言ってくれた。

あたしのことバッチリ守ってくれよな——と。

その言葉は、いまだ守られる側だと思っていた史季に発破をかけるために言ったものかもしれないけれど、

「言われたからには、ちゃんと守らないと……！」

血が滲むほどに唇を噛《か》み締《し》め、荒井に対する恐怖を心の片隅に追いやる。

完全に振り払うことができないのは我ながら情けない話だが、それが僕なんだと開き直りを決め込む。

ここにきてようやく覚悟を固めた史季は、弱気が顔を覗《のぞ》かせたせいで無駄に消費《ロス》してしまった時間の遅れを取り戻すべく、河川敷道路に続く坂を上ろうとした——その時だった。

背後から、バイクが迫ってくる音が聞こえてきたのは。

音からして相当スピードが出ている。とはいえ、まさか轢《ひ》いてきたりはしないだろうと思うも、なぜか言いようのない不安を覚え、すぐさま振り返ると、

「川藤くんッ⁉」

ヘルメットも被《かぶ》らずに二輪バイクに跨《また》がって突っ込んでくる川藤の姿が見えた瞬間、史季は一も二もなく真横に飛んで受け身をとる。千秋の危険察知の勘を鍛えるレッスンと、冬華の受け身のレッスンの両方が役に立った形だった。

一方川藤は、史季が置き去りにした自転車をド派手に撥《は》ね飛ばし、進行方向上に落ちたそれを轢き潰してから、ようやく停車する。

（……え？　今の……）

自分がかわさなければ、自転車と同じ末路を辿《たど》っていた——その事実を認識した途端、心臓が早鐘を打ち始める。

いつか、必ず報復にくるとは思っていた。けれど川藤が、バイクで撥ねることすらも厭《いと》わないほどの憎悪《ぞうお》を抱いていたとは、夢にも思わなかった。

そのことに荒井とは別種の恐怖を覚えるも……今の史季にとってそんなことはどうでもよかった。

「どうして……？」

知らず口から漏れた言葉に対し、川藤はバイクから降りながら「あぁん？」と眉をひそめる。

「どうしても何も、折節の分際で俺に刃向かったからに決まってんだろうが」

「そんなことを聞いてるんじゃないッ！　どうして〝今〟なんだよッ！」

思わず、声を荒げてしまう。

そんな史季に驚いたのか川藤は一瞬目を見開くも、それすらも屈辱に変換して、心底不愉快げに応じた。

「どうして〝今〟だぁ？　てめえ……今の今まで〝女帝〟を盾に使ってやがったくせに、何言ってやがる。こっちから言わせりゃ〝女帝〟の盾がねえ〝今〟が、てめえを好き放題できる最大のチャンスなんだよ。〝今〟しかねえんだよ！」

「だったら……後でならいくらでも相手になるから……〝今〟は……〝今〟だけは勘弁してよッ！　小日向さんが危ないんだッ！」

必死に懇願する史季に、川藤は「ぷ……ッ」と噴き出し、

「くはははははッ！　おいおい、まさかてめえにお笑いの才能があるとは思わなかったぞ！　〝女帝〟が危ないからなんだってんだよ？　まさか、てめえ如《ごと》きが助けにいくつもりかよ？」

その言葉に、一瞬口ごもる。

確かに川藤の言うとおり、自分如きが夏凛を助けに行くなど、笑い話にしかならないか

もしれない。

だけど、

「……そうだよ……助けに行くんだよ……」

だから、〝今〟はこんな川藤《クズ》になど構ってはいられない。

「……どけよ……」

体の奥底から衝《つ》き上がってくる激情に任せ、ついた言葉は、ひどく自分らしくないものだった。

「あぁ？　折節の分際で、今何言《い》っ――」

「どけって言ってんだよッ‼　川藤ッ‼」

それは散々いじめられたことへの怒りか。

夏凛を助けに行きたいのに邪魔をされたことへの苛立《いらだ》ちか。

衝動に身を委ねるがままに吐き出した怒号を前に、川藤は確かに――怯《ひる》んだ。

◇◇◇

（つざけんじゃねえぞ、おい……！）

史季を相手に一瞬でも怯んだことを恥じるように、川藤は心の中で吐き捨てる。

(折節の野郎は暴力の才能なんて欠片《かけら》ほどもねえ、こっち側の中でも最底辺の野郎だ。そんな愚図の分際で、俺に向かってなに怒鳴り散らしてんだ……!)

その言葉もまた、心の中で吐き捨てる。

直接口に出せない時点で、完全に気後れしてしまっていることにも気づかずに。

「どく気がないなら……もういい」

史季は川藤を睨《にら》みつけたまま、歩いて近づいていく。

力尽くでも、どかす——とでも言わんばかりに。

(おいおい……折節の分際で、俺にケンカ売ろうってのか?)

しかも、その目は勝つ気マンマンだった。

さすがにこれにはプツンと来てしまい、

「ナメてんじゃねえぞぉ……折節ぃいぃいぃいいぃいぃッ!!」

後《おく》れた気を憎悪で消し飛ばしながら殴りかか——

「!?」

突然、左太股《ふともも》に激烈な痛みが走り、立っていられなくなった川藤は膝をついてしまう。

痛みの正体は、こちらの動きに合わせて史季が放った右のローキックだった。

(おいマジふざけんなよ⁉)

思い返せば、前回のタイマンの時もそうだった。

(まただ、あの野郎……また俺が殴りかかるタイミングに合わせて蹴りをぶち込んできやがった⁉)

攻撃する瞬間という、防御と回避が最も難しいタイミングで。

しかも相討ちだった前回とは違い、今回は殴りかかる直前。

〝女帝〟の手解《てほど》きで進化したにしても、一ヶ月やそこらでこれはいくらなんでもおかしすぎる。

もともと、そういう才能があった——そうでなければ説明がつかない。

とどめと言わんばかりに、ハイキックを放とうとする史季を前に、絶望的な気分になる。

(まさか……てめえも向こう側なのか？)

〝女帝〟や荒井と同じ、暴力の才能を持った側なのか？

俺が望んでやまなかった才能を持ってるっていうのか？

折節如きが？

(認めねえ……認めねえぞぉおぉおおお————…………)

そんな心の叫びは、史季のハイキックが側頭部を捉えた瞬間に、意識もろとも絶ち切られた。

◇◇◇

「はぁ……はぁ……はぁ……」

史季は肩で息をしながら、ハイキックで沈めた川藤を見下ろす。

「か、勝てた……」

それも、完膚なきまでに。

「本当に僕……強くなってる……」

夏凛《かりん》たちから教わっていたことは、たぶん基礎的なものにすぎなかったはず。

それでも自分は、川藤に完勝できるほどに強くなっている。

その事実は、史季に多少ながらも自信を抱かせるのに充分な成果だった。

もっとも、夏凛にケンカ慣れしていないと言われていた川藤に勝ったところで、その夏凛が警戒を露《あら》わにしている荒井に勝てるなどとは、さすがに毛ほども思わないが。

今一度、スマホで位置情報を確認する。

やはり夏凛の位置を示す目印《ピン》は、先程確認した地点からは一ミリも動いていない。

急がないと――そう思った史季は、川藤をそのままにしていくことと、リーマンの自転車を完全に廃車《オシャカ》にしてしまったことに、少しだけ良心を痛めながらも走り出した。

坂を駆け上がり、河川敷《かせんじき》道路に上がったところで史季自身のスマホが震えていることに気づき、走りながらも画面を確認する。

千秋からの電話だとわかるや否《いな》や、すぐに応答にした。

「月池さん！　もしかして桃園さんを⁉」

『ああ。助けて家まで送った。ウチらもすぐにそっちに向かうから、いくらでも無理していいぞ』

「そこは無理するなって言うところじゃないの⁉」

『お？　ちゃんとツッコみを入れられる程度には、ビビってねぇみてぇだな』

「それどんな試し方……」

史季はガックリとしながらも、千秋に訊《たず》ねる。

「ところで、桃園さんを助けたことは小日向さんにも？」

『いや、伝えてねぇ。電話に出る出ない以前に、荒井とタイマンになってんのか、下っ端《したっぱ》交えてゴチャマンになってんのかはわからねぇけど、その最中に下手に連絡とっちまったせいで隙ができちまったら、やべぇなんてもんじゃねぇからな』

「迂闊《うかつ》なことは、できないってことだね」

『そういうこった。だから、ウチらが行くまで夏凛のこと……頼んだぞ』

最後は、絞り出すような声だった。基本的に安請け合いなんてしない史季だが、そんな声で言われては期待に応えないわけにはいかず、

「うん。任せて」

力強く言ってみせると、千秋は『それじゃ、後でな』と言い残して通話を切った。

それからはひたすらに走り続け……脇に逸《そ》れる坂道から河川敷道路を下りたところで、廃倉庫らしき建物を発見する。

スマホの位置情報と合致していることを確認すると、史季は夏凛の無事を祈りながら廃倉庫を目指して駆け出した。

◇◇◇

再び、カランカランと甲高い音が廃倉庫に響き渡る。夏凛が鉄扇で荒井を殴った際、またしても手に力が入らないせいで保持しきれず、彼方《かなた》へと飛んでいった音だった。

抜かりなく鉄扇を背にする位置に立った荒井が、勝利を確信したように言う。

「これで、貴様の武器はなくなったな」

「はぁ……はぁ……そいつは……どうかな……」

息が上がっているせいで、強がりさえも切れ切れになってしまう。

荒井とのケンカによって熱が上がってしまったのか、体は熱く、頭もボーッとする。

正直立っているだけでしんどいし、もうこの手にはない鉄扇も、持っていた時は重く感じてしまうくらいに消耗していた。

「なら、確かめてやろう！」

鉄扇がなくなったことで油断しているのか、荒井は、先程までとは違ってやけに大振りなパンチを繰り出してくる。

この瞬間こそが最後にして最大の好機《チャンス》だと判断した夏凛は、パンチをかわしながらも荒井の手首を摑《つか》み、パンチのベクトルに合わせて引き捻《ひね》ると同時に相手の足を払って、二メートル近い巨体を宙に舞わせた。小日向《こひなた》流古式戦闘術の一つである合気術を用いて、相手の勢いを巧みに利用してぶん投げたのだ。

本来なら、投げると同時に追撃をくらわせるところだが、消耗しきった夏凛では、相手の力を利用してなお荒井の巨体を投げるのは相当に無理があったらしく、追撃をくらわせるどころか足がもつれて転んでしまう。その間《かん》、背中から床に落とされた荒井は、抜かりなく受け身を取って即座に立ち上がった。

「無様だな、小日向」

「病人相手に……タイマンふっかけてきた……てめーには……負けるよ……」

切れ切れな強がりを返しながらも、なんとか立ち上がろうとするも、そうはさせないとばかりに荒井の蹴りが飛んでくる。

「く……っ」

タイミング的にも体調的にもかわせる代物ではなかったので、やむなく両腕でガードするも、体格《ガタイ》の差は如何《いかん》ともしがたく蹴り飛ばされてしまう。

床を滑り、仰臥《ぎょうが》した夏凛は今度こそ立ち上がろうとするも、

（……あれ？）

まるで電池が切れたように、身じろぎほども体を動かすことができない。

風邪の熱で弱った身体が、とうとう限界を迎えたのだ。

「どうした？　立たないのか？」

荒井は挑発じみた言葉を投げかけるも、夏凛が本当に立てないことを悟り、鼻白《はなじろ》む。

「どうせなら俺の拳で終わらせたかったが……まあいい。勝ちは勝ちだ。学園の頭《トップ》という看板、今日限り下ろしてもらうぞ」

「んな看板……もとから掲げてなんか……いねーっての……」

そんなやり取りをしている最中、タイマンを見守っていた下っ端の不良どもが荒井のもとに集まってくる。

「荒井さん……もう勝負がついたってことは、〝女帝〟は俺らの好きにやっちゃってもいいんすよね？」

下っ端不良どもを代表して訊ねてくる緑髪の男に対し、荒井はもう夏凜には興味はないとばかりに気のない返事をかえす。

「ふん、好きにしろ」

その言葉を聞いた途端、不良どもは下卑た笑みを浮かべながら、倒れて動けない夏凜に近寄ってくる。

それだけで察した夏凜はどうにかして体を動かそうとするも、やはり身じろぎほども動いてくれない。

その間にも不良どもはこちらに近づき、四人がかりで四肢を押さえつけてくる。

ここでも不良どもを代表して、緑髪がマウントポジションをとるようにして夏凜を組み敷くと、残りの不良どもは何かを撮影するようにスマホのレンズをこちらに向けた。

「ここまでくれば俺らが何をしようとしてんのか、わかるっすよねぇ？」

下卑た笑みを深める緑髪に、夏凛は鼻を鳴らす。

「やれるもんなら……やってみろよ……そん時は……このタチのわりー風邪……丸ごとてめーに……伝染《うつ》してやる……」

「そうすかそうすか。それは楽しみっすねぇッ‼」

緑髪は夏凛の制服のブラウスを乱雑に摑み、力任せに引き千切る。

真白い布地に覆われた二つの実りが露わになった瞬間、不良どもの口から歓声と口笛が上がった。

夏凛は悲鳴を漏らしそうになるも、こんなゲスどもの前で弱みは見せたくなかったので、唇を嚙《か》み締《し》めて堪えきる。

（あー……クソっ……）

心の中で、悪態をつく。

夏凛は冬華と違って、この手の経験は皆無だった。

その初めてを、最低な野郎に最低な形で奪われようとしている。

抵抗しようにも、やはり体は身じろぎほども動いてくれない。

だから、せめて祈る。

春乃《はるの》が、自分と同じ目に遭っていないこ――

「小日向さんから離れろッッ‼‼」

廃倉庫の入口から怒声が聞こえてきたのも束《つか》の間《ま》、聖ルキマンツ学園の制服に身を包んだ男子が猛然とこちらに駆け寄ってくる。

平凡な見た目からは想像もつかない勢いで迫ってくる男子に戦《おの》のいたのか、夏凛の四肢を取り押さえていた不良も、スマホのレンズを向けていた不良も、蜘蛛《くも》の子を散らすように逃げ出していく。

「え？　あ……ちょ——ッ⁉」

一人取り残された緑髪は、駆け寄ってきた男子に文字どおりの意味で蹴り飛ばされ、派手に床を転げた末に昏倒《こんとう》した。

夏凛はまさかと思いながらも、ろくに動かない体に鞭《むち》を打って首を上げ、乱入してきた男子を見やる。

（やっぱ史季じゃねーか！）

その事実に驚きはあれど、疑問に思うことはなかった。

だって、あいつはそういう奴《やつ》だから。

春乃を助けた時も、その後に自分がどんな目に遭わされるかわかった上で助けるような奴だから。

スパーリングっぽいことをしようって言った時も、あたしよりも弱《よえ》ーってわかってるくせに、女の子に危害を加えるような真似《まね》はしたくないって固辞するような奴だから。

最初のうちは、こっちから首を突っ込んだ手前、最後までケツを持ってやろうっていう程度にしか考えてなかったけど、今は史季のそういうところが気に入って、まー、野郎だけどこのままツルんでもいいかなって思うようになった。

そんな奴だから、廃倉庫《ここ》に来ても何ら不思議には思わなかったし、むしろ当然とさえ思った。

だけど、

（ダメだ！　確かに史季は強くなったけど、まだ荒井とやり合えるほどじゃねー！　千秋と冬華は、なんでこいつ一人だけ廃倉庫《こっち》に来させ――……）

そこまで考えたところで思い直す。

自分は小日向流宗主《クソオヤジ》の教育のおかげで人体の急所を知り尽くしているからどうにでもできたが、千秋と冬華には無類のタフネスを誇る荒井を倒せるだけの武器がない。

だから二人は史季のキック力に一縷《いちる》の望みを託して、春乃の救出に向かったのだ。

これらはあくまでも夏凛《かりん》の推測にすぎないが、千秋と冬華なら絶対にそうするはずだと根拠もなく確信する。二人が、断腸の思いで史季を送り出したであろうことも。

そこまでわかっていたから「来るな」とも「逃げろ」とも言えなかった。

ましてや「助けてくれ」とも言えなかった。

ただ、

「……史季……」

彼の名前を呼ぶ声だけが、口《くち》の端《は》から弱々しく漏れた。

◇　◇　◇

史季は、夏凛を助けに行くのを川藤に邪魔された際、かつてこれほど怒ったことはないと断言できるほどの怒りを覚えた。

もうこれ以上の怒りを覚えることなんて、そうないだろうと思っていた。

だが、夏凛を犯そうとしていた不良どもを目の当《ま》たり《あ》にした瞬間、かつてないほどの怒りすらもたいしたことはなかったと思えるほどの怒りが、史季の心を焦がした。

「小日向さんに、あんな真似をして……ただで済むとは思ってないだろうなッ‼」

喉が裂けんばかりに怒声を上げる。

緑髪を派手に蹴り飛ばした直後だからか、不良たちは気圧《けお》されたように後ずさった。

彼らの頭《トップ》――荒井ただ一人を除いて。

荒井は昏倒した緑髪を一瞥《いちべつ》してから、泰然とした足取りで史季に近づいてくる。

「取るに足りない雑魚《ざこ》だと思っていたが、どうやら多少はできるようだな」

距離が縮まるにつれて、荒井の巨体から醸《かも》し出《だ》される威圧感が強くなっていく。

心が怒りに満ちていようが、根が草食動物な史季は思わず気圧されてしまい、息を呑《の》んでしまう。

だが、心が怒りで満たされているからこそ、後ずさるような無様は晒《さら》さなかった。

荒井は、互いの拳が届く距離で立ち止まる。こうして相対すると、なおさら痛感させられる。自分と荒井とでは、子供と大人ほどの身長差があることを。

わかっていたことだが、立ったままの状態ではどう足掻《あが》いてもハイキックは届かない。

千秋たちが言っていたとおりに荒井がタフならば、腹部への前蹴りも危険かもしれない。

前蹴りを耐えきられた場合、そのまま足を掴まれる恐れがあるからだ。

ならばここは、夏凛の教えどおりにローキックで足を潰し、顔の位置を低くさせるのがベスト。

史季はそう決断し、決然と目の前の巨漢を睨《にら》みつけた。

「生意気にも一歩も退《ひ》かんか。いいだろう。貴様に力の差というものを教えてやる」

そう告げると、不良どもの中から二人を指差し、命じる。

「そこの二人。小日向《こひなた》をどかせろ。貴様も文句はないな？」

最後の言葉は、史季に向けて言ったものだった。

夏凜の傍《そば》で荒井とケンカなんてしたら、確実に巻き込んでしまうので、これぱかりは史季も首肯を返すしかなかった。

両サイドから夏凜の肩を摑《つか》み、引きずり離れていく二人の不良に、荒井は忠告する。

「しっかりと取り押さえておけよ。その女のことだ。動ける程度にまで体力が回復するのを待ってから、隙を見て一暴れするくらいのことは考えているかもしれんからな」

図星だったらしく、夏凜の口から舌打ちする音が聞こえてきた。

充分に距離を離したところで、二人の不良は言われたとおりにしっかりと、されど史季と荒井のタイマンを見せつける形で夏凜を取り押さえる。

史季《オトコ》がやられるところを〝女帝〟に見せつけてやる――そんな思惑が透けて見えるようだった。

「さて、そろそろ始めるか」

その言葉を契機に、荒井の威圧感が最高潮に達する。

次の瞬間、「今だ！」と叫ぶ直感に任せて、相手の左太股《ふともも》目がけてローキックを叩《たた》き込むも、

「ッッ‼⁉」

左頬に激烈な衝撃を受けたのも束の間、史季は文字どおりの意味で殴り飛ばされてしまう。散々練習した受け身もとれずに床を転げる中、疑問が脳内を埋め尽くした。

ローキックは完璧に決まったのに平然と殴り返された⁉

月池さんは荒井先輩のことをタフな野郎とか言ってたけど、こんなの度が過ぎてる！

いや、でも、だからって全く怯《ひる》まないなんてことがあるの⁉

まるで理解が及ばない事態に、目を白黒させながらも立ち上がろうとする史季をよそに、荒井はなぜか史季を殴った右拳を見つめたまま、気にくわなさそうな表情を浮かべていた。

「貴様……何をした？」

「何の……話……？」

ようやく立ち上がった史季は、何を問われているのかさっぱり理解できなかったので問い返すと、荒井は苛立《いらだ》たしげに舌打ちする。

「ちッ、わからんのならもういい」

その言葉には、先の問いのみならず史季の存在そのものも含まれているのか、荒井は一足で距離を詰めると、首を刈り取らんばかりの回し蹴りを繰り出してくる。

二メートル近い巨体から繰り出されたとは思えないほどに鋭い回し蹴りを前に、回避は間に合わないと判断した史季は慌てて両腕で防御する。が、威力もまた史季の想定をはるかに超えており、両腕の防御ごと側頭部を蹴られ、倒れ伏してしまう。

「史季……！」

思わず声を上げた夏凛は、自分を押さえつけている不良の二人を振り払おうとするも、熱で体に力が入らないのか、不良たちを慌てさせることすらできなかった。

「今の感触は普通だったが……どうやら、しっかりと効いているようだな！」

荒井は「な！」に合わせて、倒れ伏す史季を踏みつける。

川藤たちとは比較にならないほどに重い一撃を背中に受けた史季は、その威力に命の危険を感じてしまい、亀のように体を縮こまらせてしまう。

その間にも、荒井は何度も何度も踏みつけてくる。

だ、駄目だ！

やっぱり勝てない！

川藤くんに勝てたからって、僕は何を勘違いしてたんだ！

そんなことを考えながらも、ひたすらに縮こまり、ひたすらに踏みつけられる。こんなことをしても状況が良くなるわけでもないのに、ただただ自分の身を守ってしまう。

夏凛たちのケンカレッスンをどれだけ受けようが、所詮自分は弱い人間のままだと思い知らさ——


「やめて……くれ……」


懇願するような夏凛の声が聞こえた瞬間、史季を踏みつけていた足がピタリと止まった。

「もう……勝負はついてるだろ……？　だから……これ以上は……やめてくれ……」

泣きそうな顔で懇願する夏凛に、荒井は「ふん」と鼻を鳴らす。

「薄々そんな気はしていたが、どうやら貴様は自分がやられるよりも、周りの人間がやられる方が応えるタイプのようだな」

踏みつけていた足を下げると、もう用はないとばかりに史季に背中を向ける。

「だが、物の頼み方がなっていないな。まさかとは思うが、ただ『やめてくれ』と言われただけで不良《おれたち》が止まると、本気で思っているわけではないだろうな？」

「……あたしは……何をすればいい……」

「そうだな……」

顎に手を当てて思案する荒井に、夏凛を取り押さえていた二人が最低な提案をしてくる。

「荒井さん、こういうのはどうでしょう？　〝女帝〟が自ら、俺たちの目の前で服を脱ぐというのは？」

「脱がせる楽しみはなくなっちまうけど、内心では嫌だ嫌だと思いながらも脱がなきゃならねぇってのが、これがまたそそるんスよ」

荒井は、くだらないとばかりに鼻を鳴らし、

「だそうだが、どうする？」

夏凛は血が滲《にじ》むほどに唇を噛《か》み締《し》めると、観念したように、震えた声音で答えた。

「やれば……いいんだろ……」

その言葉が耳に触れた瞬間、縮こまっていた史季の頭が真っ白になる。

代わりに、先程まで灯火《ともしび》程度しか残っていなかった怒りの炎が、頭の中を焼き尽くした。

何をやってるんだ、僕は！

勝ち目なんてないことくらい、初めからわかってただろ！

それなのに、ちょっと力の差を見せつけられたくらいで怖《お》じ気《け》づいて！

小日向さんに、あんなことを言わせて！

思い出せ！

月池さんに、小日向さんのことを「頼む」と言われたことを！

氷山さんに、小日向さんのことを「お願い」と言われたことを！

都合の良《い》い解釈だってことはわかってるけど……小日向さんには「守ってくれ」と言われたことを！

そして僕自身が、小日向さんを守ると約束したことを！

もう二度と怯《おび》えるな！　折れるな！　諦めるな！

僕を地獄《いじめ》から救い出してくれた小日向さんを！

今度は、僕が救うんだッ‼

「おぉぉおおぉぉおぉぉおぉぉおぉぉおぉぉおぉぉおぉッッッ‼‼‼」

魂すら吐き出さんばかりの雄叫《おたけ》びを上げながら、史季は立ち上がる。

夏凛《かりん》が驚きのあまり目を見開き、まさかの復活に不良どもが呆気《あっけ》にとられる中、荒井一人だけはうんざりとしたため息をつきながらも、こちらに振り返った。

「まさか、力の差もわからないバカだったとはな」

力の差など誰よりも史季自身が痛感している。

体が大きくて、力が強くて、異常なまでにタフで、そのくせ動きは俊敏。

攻撃をくらってなお平然と拳を振り抜く胆力に、相手の身など一顧だにしない圧倒的な暴力は、確かに川藤たちとは違ってケンカ慣れしていると思い知らされる。

能力、経験、どれをとっても史季が勝てる要素など見当たらない。

だけど、

「だからどうした……」

荒井を睨みつけながら、史季にしては珍しい、道理の欠片《かけら》も感じさせない言葉を吐く。

「勝てないなら、死んでも勝つだけだ！」

「なら死ね」

その言葉どおり、こちらの顔面目がけてパンチを繰り出してくる。

夏凛ほどではないにしても、荒井の拳速は相当なもので、先のダメージが残っている史季では到底かわしきれるものではなかった。

だから、何の躊躇《ちゅうちょ》もなくかわすことを諦めた。

「……ッ」

当然の帰結と言わんばかりに、顔面を殴られた史季は床を転げる。

「史季……っ」

夏凛の口から、弱々しい悲鳴のような声が上がる。

その光景は殴り飛ばした側からしたら爽快なもののはずなのに、荒井の表情に浮かんでいたのは露骨なまでの不快感だった。

「……まさかとは思うが、俺の真似《まね》でもしているつもりか」

然《そ》う。史季は顔面を殴られるのに合わせて、荒井の左太股にローキックを叩き込んでいたのだ。初手で荒井が、史季のローキックをくらいながらもパンチをお見舞いした時と同じように。

決意のせいか、怒りのせいか、大量に分泌されたアドレナリンが頰の痛みを忘れさせる中、史季はゆっくりと立ち上がり、凄絶な笑みを浮かべる。

「そうだって言ったら？」

不敵な言葉に対し、荒井は何も答えず、ただ双眸《そうぼう》を据わらせる。

その視線は、言葉よりも雄弁に「ブチ殺す」という意志を表していた。

そんな荒井を見て、頭の片隅で思う。

やり方としては正気を疑うものだが、あるいは相討《これ》が突破口になるかもしれないと。

（どのみち、まともに戦ったって勝ち目なんてない。だったら……！）

史季は殴りかかってくる荒井に、再び相討ち覚悟でローキックを放つ。

これなら、少なくとも相手にも確実にダメージを与えられる――と思っていたら、

「大バカが」

荒井は繰り出そうとしていたパンチを止めて即座に身を引き、ローキックをかわす。

続けて、まさかの回避に瞠目《どうもく》する史季の顔面を思い切り殴りつけ、床を転げさせた。

「バレバレの相討ち狙いに付き合う奴《やつ》が、どこにいる」

全くもってそのとおりだが、そうとわかってなお史季は凄絶な笑みを深めた。

今、荒井は確かにローキックをかわした。

それは、荒井がローキックを嫌がっていることの証左であり、これまでにくらわせた二度のローキックが、しっかりと効いていることの証左でもあった。

やはり、荒井に勝つには相討《これ》しかない。

だけど、相手が乗ってくれないことにはどうしようもない。

どうする？――と、必死に思考を巡らせていたところで、はたと思い出す。

人気のない駐車場で、川藤にボコボコにされていたところを夏凜に助けてもらい、その流れで自分が川藤とタイマンすることになった時のことを。

あの時夏凜は、史季にケンカのアドバイスをしようとしたことに文句をつけた川藤に、

「プ～クスクス～」と笑いながらこう言った。

『あれあれ～？　こわいの～？　散々いじめてた相手なのに～？　ちょっとアドバイスするだけなのに～？』

その挑発によって川藤の矜持《プライド》を刺激した結果、夏凛は堂々と史季にアドバイスができる状況をつくり出した。

（荒井先輩にとって、僕は間違いなくただの弱者《ザコ》……だったら、それを利用してやる！）

嘲笑の浮かべ方なんて知らない。

だから、知らず知らずのうちに浮かべていた凄絶な笑みをそのままに、史季は言った。

「こわいんだ。僕に蹴られるのが」

「……ぁ？」

かつてないほどに不快な表情に、不快な声。

イケると思った史季は、ますます笑みを深めながら挑発の言葉を吐いた。

「だって荒井先輩、今僕のローキックをかわしたよね？」

「何度も言わせるな。バレバレの相討ち狙いに付き合うバカがどこにいる」

「でも、かわした」

あえて聞き分けのない言葉を返すと、荒井はますます不快感を募らせたのか、舌打ちを漏らした。が、まだ誘いに乗ってくる気配はない。

あと一押しが欲しいと思案していると、荒井が一瞬、背後にいる不良どもの様子を横目で確認するのを見て、気づく。

不良にとって、プライド以上に傷つけられることを嫌うものがあることに。

「今の聞いた？」

その言葉は、荒井ではなく、彼の背後にいる不良どもに向けて言った言葉だった。

「君たちの大将は、僕に足を蹴られるのがこわいらしいよ？　僕は顔を殴らせてあげてるのにね。……あぁ、だからか。顔と足の相討ちで負けちゃったら恥ずかしいもんね」

史季の言葉を聞いた不良どもの間に、狼狽《ろうばい》が拡《ひろ》がっていく。

荒井を恐れて口には出していないが、ここまで言われて彼が相討ち勝負を受けないことを疑問に思っている様子が見て取れた。

それを目の当《ま》たり《あ》にしたせいか、荒井の方からブチィッと何かが切れる音が聞こえたような気がした。

「……いいだろう。安い挑発に乗ってやる」

物言いはあくまでも冷静だが、声音は、表情は、視線は、彼にとって大切なものを傷つけられた怒りに充《み》ち満ちていた。

その大切なものとは、派閥の頭《トップ》としての面子《メンツ》。

ナメられたら終わりとまで言われている不良の世界において、時として己のプライド以上に守らなければならないものがメンツだった。

そしてメンツは、プライドに直結していることが多い。

ご多分に漏れず荒井もメンツとプライドが直結していたらしく、余計な危険《リスク》を負うことを承知した上で挑発に乗ってくれた。

これでようやくゼロだった勝ち目が、一くらいにはなった。

あとは、

(ただ蹴るだけだッ‼)

史季は覚悟に満ちた目で荒井を睨《にら》みつける。

荒井はそんな視線に不快感を露《あら》わにしながらも睨み返す。

次の瞬間——

史季は荒井の左太股《ふともも》を全力で蹴りつけ、荒井は史季の左頰を全力で殴りつけた。

◇◇◇

荒井は、蹴られた太股の痛みにほんの少しだけ眉をひそめながらも、名前すら憶《おぼ》えていない雑魚《ざこ》を殴り飛ばす。

盛大に床を転げる雑魚の姿は見ていて滑稽なくらいだが、左太股の痛みと、雑魚を殴り飛ばした拳から伝わる違和感があまりにも気持ち悪いせいで、笑うに笑えない。

この違和感が消えない限り、おそらく奴は立ってくる――そんな予感が正しかったことを証明するように、雑魚は立ち上がった。

休ませる暇は与えないとばかりに殴りかかると、雑魚はしっかりと蹴り返してきて、またしても盛大に床を転げて倒れ伏し、またしても起き上がってくる。

ここまでくると、タイマンを見守っていた下《した》っ端《ぱ》どもも異状に気づいたらしく、小波《さざなみ》が拡がるようにしてざわつき始める。

いくらなんでも、このタフさはおかしい。

自分のように体格《ガタイ》に恵まれているなら、まだわかる。

だが、目の前の雑魚の体格は至って普通だ。

少なくとも、見た目からはタフさの欠片も感じられない。

だとしたらやはり、あの雑魚の異常なタフさの秘密は、殴った際の感触の違和感に隠されていると見て間違いない。

その違和感は何千何万と人を殴ってきた荒井だからこそ気づける、本当に些細《ささい》なものだった。

事実、あの雑魚をいじめ、散々殴りつけていた川藤の口からは、違和感についての話は一度も耳にしていない。

だが、ただ違和感あることがわかるというだけで、その正体がわからない。

正体を究明しようにも、

「……！」

もう何度目になるのか、荒井は雑魚を殴り飛ばすと同時に受けたローキックの痛みに、とうとう顔をしかめてしまう。

普通も普通な体格からは考えられないキック力のせいで、雑魚を殴った際に落ち着いて分析することもできない。

倒れた雑魚に追い打ちをかけたいところなのに、二度目のローキックを受けた時点で走るのに支障が出るほどの痛みを左太股が訴えてきたせいで、この下らない相討ち勝負に付き合わざるを得ない状況に陥っている。

（雑魚は雑魚でも、川藤たちのような下っ端では手に余る雑魚だな、こいつは……！）

下手をすると、大迫《おおさこ》でも怪しいかもしれん——そんな考えを頭の片隅に追いやりながらも、ゾンビのように立ち上がってくる雑魚を睨みつけた。

◇　◇　◇

一方、不良の二人に取り押さえられながらもタイマンを見守っていた夏凛《かりん》は、史季の異常なタフネスの正体に気づいていた。

数えて八度目となる相討ちにより、ローキックをくらった荒井が顔をしかめ、パンチをくらった史季が床を転げる様を注視しながら、夏凛は確信する。

（やっぱりだ。史季の奴、異常なまでに打たれ上手い）

ボクシングに、スリッピングアウェーという防御技術がある。

理屈は単純で、顔を殴られる瞬間にパンチの方向に合わせて顔を背けることで、その威力を軽減させたり、パンチそのものをかわしたりする技術だ。

しかし、かわす場合ならまだしも、パンチの威力を軽減させるようなタイミングで実行するには相当な練習と経験が必要となる。

その両方が欠けているにもかかわらず、史季は最初に荒井に殴られた時点でそれを実行していた。

おまけに、荒井の膂力《パワー》に逆らうことなく派手に殴り飛ばされることで、さらにパンチの威力を軽減させている。

いずれも一朝一夕で身につくような技術ではなく、ましてや、ケンカはおろか格闘技とも無縁だった史季に為《な》せるような代物ではないのだが……恐ろしいことに、彼はそれらの技術を無意識の内に使いこなしている。才能《センス》の為せる業としか言いようがなかった。

(……いや。センスだけじゃねーな……)

腹部に限った話になるが、史季はおそらく、この学園にいる誰よりも殴られ慣れている。

川藤たちのいじめによって日常的に腹部を殴られ続けたことで、史季は知らず知らずの内に、どう攻撃を受ければ最もダメージが少なく済むのかを体で覚えていったのだ。

それによって培《つちか》った経験を半ば無意識の内に応用できているからこそ、あの荒井に何度も殴り飛ばされているにもかかわらず、立ち上がることができているのだ。

(今思えば、史季がいじめられていたことにあたしが全然気づけなかったのも、そのセンスのせいで大事《おおごと》にならなかったってのも、あるかもしれねーな)

川藤は史季を殴る際に手加減をしていたつもりだろうが、史季を殴った際に違和感すら覚えないような奴が、器用に手加減なんてできるとは思えない。

腹部を殴られた瞬間に腹筋を締めていたのか、逆に脱力していたのか、川藤に気づかれないタイミングで体を後ろに引いていたのかはわからない。

けれど、史季が打たれ上手かったからこそ、川藤たちにいじめられていた一年間、保健室に担《かつ》ぎ込まれたり、腹を殴られたせいで吐いたりといった、夏凜の目につくような事態にまで発展していなかったのだ。

パシリによって鍛えられた異常な脚力も含めて、いじめによって史季のケンカの才能が開花したのは、史季にとっても川藤にとっても皮肉としか言いようがなかった。

（けど、いくらダメージを軽減しようが、相手はあの荒井《デカブツ》だ。顔面を殴られて効かねーわけがねー……）

一〇度目の相討ちの後、今までよりも起き上がるのが遅くなっている史季を見て、夏凜は表情を悲痛に歪《ゆが》ませる。

今なら——と、自分を取り押さえている二人を強引に振り払おうとするも、

「ぁッ!?　てめえッ！」

「おとなしくしやがれッ！」

隙をついてもろくに振り払えず、夏凜は舌打ちを漏らす。

自分にはもう体力が残っていないことを、痛感するばかりだった。

（史季……）

フラフラになりながらも立ち上がる彼の名を、心の中で呟《つぶや》く。

情けないけど、最早《もはや》今の自分には祈ることしかできない。

だから祈る。

史季の無事を。史季の勝利を。

◇◇◇

一一度目のローキックは、史季に確かな手応えをもたらした。

とうとう荒井の巨体が傾《かし》いだのだ。

だが、確かな手応えがあったのは、向こうも同じかもしれない。

一一度目のパンチを顔面に受けた瞬間、今まではなぜかズレているように感じていた衝撃が、体の芯まで突き抜けていったのだ。

派手に床を転げ、仰臥《ぎょうが》する。

今度という今度は立ち上がれない——心の底からそう思ったのは、これで三度目だった。

けれど、
然《そ》う。史季の限界は、九度目の相討ちの時点でとっくに超えていた。

（小日向《こひなた》……さん……！）

彼女自身は、気づいていないだろうけど。

指摘したら、絶対に怒って否定するだろうけど。

小日向さんは、僕と荒井先輩の相討ち勝負が始まってからずっと、泣きそうな顔をしていた。

あんなに強い彼女が、か弱い女の子のように、泣きそうな顔をしていた。

小日向さんにそんな顔をさせてしまっているのは、全部僕のせいだ。

小日向さんは優しいから、僕なんかがひどい目に遭っても、今みたいに我が事のように心配してくれる。

そのことが堪《たま》らなく嬉《うれ》しくて、堪《たま》らなくつらかった。

だって、

（小日向さんには、そんな顔をさせたくなかったから!!）

その一念のみで、すでにもう限界を超えた体を立ち上がらせる。

「まだ立つか……！」

吐き捨てる荒井の声音には、恐れにも似た響きが入り混じっていた。

「立つさ……何度だってッ!!」

叫びとともに、史季は荒井の左太股を蹴りつける。

荒井は史季の左頬を殴りつける。

直後――

史季は床を滑るように吹き飛び、

「ぐぁぁぁぁ……」

荒井は苦悶《くもん》を吐き出しながらも、床に片膝をついた。

下っ端の不良どもが狼狽《ろうばい》する中、涙に滲《にじ》んだ視線を向けてくる夏凛に応えるべく、史季は立ち上がる。

そして、片膝をついたまま立ち上がれない荒井のもとに、一歩ずつゆっくりと歩み寄っていく。

「ま、待て！　俺は今まで何度も貴様が立ち上がるのを待った！　だから貴様も、俺が立ち上がるのを待つ義務が――」

「嘘《うそ》は駄目だよ、荒井先輩」

あえて語気を強くして、荒井の言葉を遮る。

「荒井先輩は、僕が起き上がるのを待ってたんじゃない。ローキックが効いているせいで、倒れてる僕に追い打ちをかけられなかっただけだ。それがわかってたから、僕は殴り倒された後は、できるだけすぐに起き上がるようにしていた」

正直そうだろうと思っていた程度だったが、荒井がギクリとした表情を浮かべるのを見て確信する。

そもそも春乃《はるの》を人質にとったり、絶不調の夏凛にタイマンを強要していた時点で、この男の内に正々堂々という言葉が存在しないことくらい、わかりきっていた。

「立たないなら蹴らせてもらうよ。僕と同じところを」

「クソがぁッ！」

片膝立ちのまま、荒井が殴りかかってくる。高い背丈のおかげでその拳は史季の顔面には届いたものの、完全に手打ち——腕の力のみで振るわれたパンチだったため威力は弱く、史季の体が数歩後ずさるだけの結果に終わる。

「いくよ、先輩」

あえて宣言する。

目論見《もくろみ》どおりに荒井の表情が絶望に染まった刹那、側頭部にハイキックをお見舞いした。

荒井の巨体が、床に吸い込まれるようにして倒れようとするも、

「ナメるなぁあぁぁぁッ！」

直撃をくらってなお堪《こら》えきり、あろうことか殴り返してくる。

史季もまた、ふらつきながらも堪えきり、再びハイキックを荒井の側頭部に叩《たた》き込む。

「が……ッ⁉」

無類のタフネスを誇る荒井といえども、史季のハイキックを二発もまともにくらえばタダでは済まず、倒れそうになる。が、それでもなお堪えきり、

「クソがぁぁぁぁぁぁあぁぁあぁぁあぁぁあぁぁぁぁッ‼」

怒号とともに振るった拳が史季の顔面を捉え、限界の限界すらも超えた体が倒――

「史季……ッ！」

祈るような、願うような、絞り出すような夏凛の声が聞こえた瞬間、史季は砕けんばかりに歯を噛《か》み締《し》めながら踏《ふ》み止《とど》まる。

まさか今ので倒れないとは思わなかったのか、荒井がバケモノでも見るような目をこちらに向けてくる。

「おおぉおぉぉぉぉぉおおぉぉおぉぉおぉぉッ‼」

すでに尽きた余力をさらに振り絞らんばかりに、叫ぶ。

そして、三度《みたび》荒井の側頭部にハイキックを叩き込み、

荒井は白目を剝《む》きながら、蹴られた方向に向かって倒れ伏した。

まさかの頭《トップ》の敗北に、下《した》っ端《ぱ》の不良どもは泡を食い始める。

「お、おい⁉　荒井さんが負けちまったぞ⁉」

「どどどうすんだよ⁉」

「ま、待てッ‼　あいつはもうフラフラだから俺たちでも倒――」

「やるのか？」

史季は肩で息をしながらも、フラフラになりながらも、不良どもを睨《にら》みつける。

その異様な迫力に、不良どもは揃《そろ》いも揃って息を呑《の》み、沈黙する。

「やるのかって聞いてんだろッ‼」

その怒声が引き金だった。

「お、俺は下りるぞ！」

「こんなことになるなんて聞いてねえよ⁉」

「あ、待ちやがれ！　置いてったって知ったら、後で荒井さんに殺されっぞ⁉」

不良どもは二人がかりで荒井を担ぐと、脱兎《だっと》の如《ごと》く廃倉庫から逃げ出していった。

その様子を見守りながら、史季は心の底から安堵《あんど》する。

（上手《うま》く……いった……）

正直もう、立っているだけでやっとだった。

もう本当の本当に限界だった。

らしくもなく凄《すご》んだのも、ケンカに発展させることなく不良どもを退《ひ》かせるための嘘《ハッタリ》にすぎなかった。

そうでなくても、取り押さえられた夏凛《かりん》をそのまま人質として使われたら、今の史季にはどうすることもできなかった。

（もう……いいよね……）

ここにはもう敵はいない――その確信を得た途端、緊張の糸とともに史季の意識の糸はプッツリと切れてしまった。

エピローグ

目が覚めた史季の視界に映ったのは、真っ黒な空に浮かぶまん丸い月だった。

「……外？」

疑問をそのまま口にした直後、

「お？　起きたか、史季」

月を隠すようにして、視界の左側から夏凛が顔を覗《のぞ》かせてくる。

そのことを疑問に思った史季は、自分と夏凛が今どういう状況にあるのかを確認するために視線を巡らせ……吃驚《びっくり》しそうになる。

膝枕だった。廃倉庫の外壁沿いにあるベンチの上で、夏凛の膝に頭を乗せる形で寝かせられていたのだ。史季は慌てて起き上がろうとするも、その初動をちゃっかり察知していた夏凛が掌《てのひら》でペチッとこちらの額を押さえ、制止させる。

「そのままでいろっての。今の史季、あたしよりもよっぽどボロボロなんだから」

かく言う夏凛は、緑髪の不良にブラウスをボロボロにされてしまったため、今は上着の前をきっちりと閉めることで露《あら》わになっていた素肌を隠していた。

もっとも、上着の襟の形がV字のせいで胸の谷間が見えてしまっているため、彼女がこちらの顔を覗き込んできた際は、かなり目のやり場に困る有り様になっているが。

「お医者さんに連れてくことも考えたけど、さすがにあたし一人じゃきちーし、見たとこ骨とか異状もないみてーだから……まー、その、アレだ。あたしの膝枕なんてレア中のレアなんだから、大人しく堪能《たんのう》しとけってことだ」

などと言いつつも、夏凛の頰には風邪の熱とは別の火照《ほて》りが差し込んでいた。

膝枕をしてもらっている史季も大概に気恥ずかしいが、どうやら夏凛は夏凛でそれなり以上に気恥ずかしく思っているようだ。

そのことを指摘することは勿論《もちろん》、夏凛自身失念しているのか、これだけ密着していたら風邪を伝染《うつ》してしまう恐れがあることを指摘するのも野暮な話なので、それらについては気づかないフリを決め込む。

代わりにというわけではないが、史季は話題を変えることにした。

「というか小日向《こひなた》さん、僕のことわざわざこのベンチまで運んでくれたの？」

「まーな。この倉庫、電気なんて通ってるわけねーから、日ぃ沈んだら中が真っ暗になっちまうしな」

「確かに、ちょっと出そうな雰囲――あ痛っ⁉」

ちょっときつめに額を叩《はた》かれた史季は、思わず悲鳴じみた声を上げてしまう。

「で、出そうとか言うなっ。ばかっ」

なお、叩いた方の夏凜の方が、余程悲鳴じみた声になっていた。

「出そう」と言ったのは勿論幽霊を指した言葉で、おそらく夏凜は、幽霊《それ》が恐《こわ》かったから
わざわざ表のベンチまで自分を運んでくれたのだろうと史季は思う。

当然、思うだけで口に出す愚は犯さなかったが。

「つーか、けっこう大変だったんだからな。史季のこと、ここまで運ぶの」

「ご、ごめん……」

「って、別に謝らせようと思って言ったわけじゃねーっての。むしろ謝んなきゃいけねー
のは、あたしの方なんだから……」

不意に、夏凜の視線が史季の顔の左側に移る。散々荒井に殴られた、左頰に。

「ほんと、ごめん。あたしのせいで、こんなことになっちまって……」

「こ、小日向さんこそ謝ることなんてないよ！　僕はようやく恩返しができたって思って
るくらいなんだから！」

「恩返し？」

と、訊《たず》ねてくる夏凜に首肯を返そうとするも、膝枕をしてもらっている状態だと色んな

意味でやりにくいので、「うん」と口に出して答える。

「小日向さんが助けてくれなかったら、たぶん卒業するまでずっと、川藤くんたちにいじめられてたと思う。だから――」

「謝んなくてもいい……てか？」

こちらの言葉を奪うようにして言う夏凛に、史季は再び「うん」と返した。

「わかったよ。折角史季が大金星を上げたってのに、ごめんごめん言い合うのも野暮な話だしな」

「大金星……」

反芻《はんすう》するように呟《つぶや》いてから、夏凛に訊ねる。

「僕って、本当に荒井先輩に勝ったの？」

「史季……おまえ、まさか……記憶がぶっ飛んじまってんのか!?　やっぱ、すぐにお医者さんに――」

「だ、大丈夫だから！　頭に異状とかないから！」

「だったら何で、んなこと訊《き》くんだよ？」

「それは……荒井先輩を倒したって記憶はちゃんとあるんだけど……実感の方が全然なくて……。今だって、どっちが助けに来たのかわからない感じになってるし……」

「まー、そうだな」

あっさりと肯定されたらされたで、ションボリとしそうになる史季だったが、

「でも、かっこよかったぜ」

言ってから、露骨にそっぽを向く夏凛に、史季は目を丸くする。

風邪の熱で赤みがかっていた顔が、それ以上に濃い赤にみるみる塗り変わっていくのを目の当《ま》《あ》たりにしたから。

そんなこちらの視線に気づいた夏凛は、

「んだよ、その顔」

口を尖《とが》らせながらも、掌で史季の額をペチッとする。

「……なんか今、荒井先輩に勝った実感が湧いてきたかも」

「なんでだよ⁉」

と、夏凛が素っ頓狂な声を上げたその時だった。

「お？　今の夏凛の声じゃね？」

「みたいね～。行ってみましょ～」

どこからか千秋と冬華の声が聞こえてきて、史季は思わず跳ね起きる。

「んだよ？　そんなに慌てて」

「だ、だって、膝枕なんてしてるところ見られたら……」

「見られたら？」

「氷山さんが、どんな絡《から》み方をしてくるかわからないから……」

「うん。史季が正しい」

　真顔で同意する、夏凜。どうやら彼女も「ワタシも膝枕して～」とか言いながら、セクハラしてくる冬華の姿を幻視したようだ。

　そうこうしている内に、二人が史季たちのいるベンチにやってきて、

「ほんっと、よくやった！　折節！」

　いの一番に、千秋が両手でワシャワシャと史季の頭を撫《な》でくり回した。

「マジで荒井に勝っちまうなんてな！」

　満面の笑みで、それでいてちょっとだけ目尻に涙を溜《た》めている千秋に抵抗などできるはずもなく、されるがままにワシャワシャワシャワシャと頭を撫でくり回される。

　その一方で、当たり前のように史季が一人で荒井を倒した感じで千秋が褒めちぎっていることを疑問に思い、頭を撫でくり回されながらも物言いたげな視線を夏凜に向けた。

「そりゃ連絡くらいするだろ」

　という夏凜の返しを聞いて、ごもっともだと思う。最早《もはや》説明の要もないが、史季が気絶

している間に、夏凜たちは電話で互いの無事を確認し合っていたようだ。

「とにかく！　夏凜のこと助けてくれてありがとな！」

その言葉を最後に、ようやく満足した千秋が史季の頭から手を離す。

これ絶対髪の毛ムチャクチャになってるよね？——と思っている内に、千秋は懐《ふところ》から
スマホを取り出し、

「ほら、春乃《はるの》！　好きなだけ泣きついていいぞ！」

テレビ電話によって画面に映し出された春乃を、こちらに見せつけた。

『史季先輩《じぎぜんばい》ごべんばざい〜！』

いきなり大泣きしながら謝られ、史季はギョッとする。

「あたしん時もそうだったからな。諦めて謝られとけ」

ったく、謝りてーのは巻き込んじまったこっちだってのに——と、ため息をつく夏凜。

どうやら、史季が気絶している間にとった連絡の際に、夏凜も今の史季と同じように、
大泣きする春乃に謝られたようだ。

『わだ……わだじのぜいで〜……』

「桃園さんは悪くない！　一つも悪くないから！」

といった具合に、泣き続ける春乃を慰めること五分。

ようやく落ちついた彼女が、お礼を言ってくる。

『あの……史季先輩……助けてくれてありがとうございました……！　わたしのことも、夏凛《かりん》先輩のことも……』

「いや……桃園さんのことを助けたのは、月池さんと氷山さんで……」

『それでも……ですっ』

画面に映る春乃が、こればかりは譲らないという目を向けてきたので、史季は一つ息をついてから微笑を浮かべ、「どういたしまして」と返した。

直後、成り行きを見守っていた冬華の切れ長の目が、キラリと光る。

◇◇◇

千秋と春乃のお礼が終わるのを待っていた冬華は、ここぞとばかりに、史季と夏凛の間に割り込む形でベンチに座る。

「がんばったしーくんに、ワタシからもた～っぷりお礼しないとね～」

そして、ここぞとばかりに史季にしなだれかかろうとした、その時だった。

「あら？」

夏凛がこちらの上着の裾を引っ張り、史季に密着するのを阻止してきたのだ。

どこかホッとしている史季を尻目に、夏凛に視線を移すと、

（あら？）

今度は心の中で、先と同じ言葉を漏らしてしまう。

夏凛が、こちらの上着の裾をギュッと握り締めたまま、どこか拗《す》ねているような不服そうにしているような視線だけでやめてくれと訴えているような……とにかく、冬華が史季に抱きつくことを嫌がっているような、そんな顔をしていたのだ。

（あらあら～？）

たぶん、当の夏凛は自覚していないだろう。冬華の体が壁になってしまっているため、史季と千秋も今の夏凛の顔は見えていないはずだ。

だからこそ、大切なお友達の新しくもかわいらしい一面を見られたことに、冬華はホッコリとした笑みを浮かべてしまう。

その笑顔を見たからか、夏凛は今さらながらこちらの服の裾を握り締めていることに気づいたらしく、慌てて手を離し、言い訳めいた言葉を並べ始める。

「し、史季は荒井の野郎に、しこたま顔面殴られたからな。冬華が抱きついて興奮しちまったら、明日とか顔の腫れがひでーことになると思ってな」

そんなことを言っちゃうお友達のことが愛おしすぎて、先程からずっと気になっていた彼女の胸元目がけて抱きつこうかと本気で考えるも、

（今はちょ〜っと我慢して……イジワルしちゃおうかしらね〜）

冬華はニンマリとした笑みを夏凛に返すと、史季の方へ振り返り、今の夏凛にとってはとびきりイジワルな言葉を投げかけた。

「てゆ〜か〜、荒井先輩を倒せるくらいに強くなっちゃったということは〜、しーくんってばもうケンカのレッスン、受けなくてもいいかもしれないわね〜」

言った途端、夏凛の口から「ぇ……」と、か細い声が聞こえてきたけど、今は心を鬼にして聞こえなかったフリをする。

だってきっと、彼もそうだから。

◇◇◇

冬華の思惑など露ほども知らない史季は、彼女の言葉を聞いた途端、半ば反射的に「いやいやいや」とかぶりを振った。

「荒井先輩に勝てたのは、ほとんど奇跡みたいなものだから！　もう一回やったら絶対に

ボコボコにされちゃうから！」

「荒井先輩の報復が恐《こわ》い……だから、レッスンは続けるってこと〜？」

なぜか試すような視線を向けてくる冬華に、史季はコクコクと首肯を返す。

もっとも、ケンカレッスンを続けたい理由はそれだけではないが。

(だって、ケンカレッスンをやめてしまったら、小日向《こひなた》さんが僕に目をかけてくれる理由がなくなってしまうから……。小日向さん、勉強はあんまり好きじゃなさそうだから、勉強会だけだといつまで続くかわからないし……)

それは史季にとって、荒井の報復よりも余程こわいことだった。

だから、「YES」以外の答えはなかった。

迷いのない返答に満足したのか、冬華はいやにホッコリとした笑みを浮かべていた。

「まぁ、実際ウチらのレッスン、続けない理由はねぇだろ。四大派閥の頭《トップ》の一人に勝っちまったんだからな。鬼頭《きとう》派と斑鳩《いかるが》派が、折節のことほっとくとは思えねぇし」

鬼頭派と斑鳩派は、四大派閥の、残り二つの派閥の名前だった。

ゆえに史季は「ぇ……」と、か細い声を漏らしてしまう。

「それってつまり……僕、小日向さんたち以外の四大派閥から狙われるってこと⁉」

「そういうことになるな」

「そういうことになるわね〜」

『そういうことになるんですか？』

千秋は平然と、冬華は笑みを深めながら肯定し、スマホに映る春乃が小首を傾《かし》げる。

三者三様の反応をよそに、夏凛はベンチから立ち上がり、傲然と史季の目の前に立つ。

「最後までケツ持ってやるって言ったからなっ。しょうがねーから、これからもみっちり鍛えてやんよっ」

と言う彼女の表情は、なぜか妙に嬉《うれ》しそうな顔をしていた。

「じゃ、じゃあ、これからもよろしくお願いします……ってことでいいんだよね？」

「ああ！　もちろんだ！」

ますます嬉しそうに答える彼女の笑顔に釣られてしまったのか、千秋も、冬華も、スマホの画面に映る春乃も、揃《そろ》って笑顔の華を咲かせていた。

あれだけのことがあったのに、夏凛たちがこうして笑っていられることを幸せに思いながらも、彼女たちと同じように史季も笑った。

あとがき

どうも亜逸《あいつ》です。

新作を出すたびに、出版に至るまでのスパンが長くなっている気がします。亜逸です。

亜逸が担当さんにぶん投げるプロットは八割方、物語的な意味で趣味に走ったものか、ラノベではあんまり書かれていないジャンルを書きたいという趣味に走ったものかの、二つのタイプに分かれており、本作はバリッバリの後者になっとります。

本作以外にも、西部劇風で女主人公でロマンシスものだけど相手は死ぬという、あらゆる意味で趣味に走ったプロットをぶん投げましたが、あえなくボツになりました。

百合《ゆり》が流行《はや》っている今くらいのタイミングでぶん投げていたら、ワンチャンあったかもしれません（相手をぶち殺してることから目を逸《そ》らしながら）。

ここからは、亜逸恒例のキャラクター小話をば。

○折節《おりふし》　史季《しき》
初期プロットでは入野高志《いりのたかし》と適当な名前をつけていたけど、打ち合わせの際に「女キャラ少なくね？」「東○べでいうドラ○ン的な立ち位置のキャラを増やした方が良くね？」という話になり、女キャラが四人になったことで「せや、名前を春夏秋冬にしたろ」と思った結果、折節史季というそれっぽい感じの名前に変更することになった主人公。

名前以外の部分は、だいたい初期プロットのままになってたりします。

○小日向《こひなた》　夏凛《かりん》
本作ヒロイン。女キャラの名前を春夏秋冬にしようと思ったのも、彼女につけた名前が夏感バリバリだったことが影響しとります。

初めから最強ヒロインにする気マンマンでつくった夏凛ちゃんですが、女の子がケンカ最強であることに対するリアリティやら説得力やらを持たせると同時に、女の子がケンカ最強であることのアンリアリティやら、ある種ファンタジー的な側面を演出するために、鉄扇というわかりやすい異物《アイテム》を持たせることにしました。

そこに不良っぽいアイテムとしてパインシガレットを持たせた結果、描写が地味にめんどくさいことになったのはここだけの秘密です。

本物の煙草《たばこ》ではなくパインシガレットを持たせたのは、説明する必要もない話かもしれませんが、メイン級のキャラに煙草を吸わせるのは世間体的な意味で色々とまずいじゃろうという判断のもとです。とはいえ、バリバリの不良校で煙草を吸ってる人間がいないのも違和感があるので、どうとでもできる端役《はやく》にはスパスパ吸わせる方向にしました。

○桃園《ももぞの》 春乃《はるの》

最初は峰倉美香《みねくらみか》という名前で、別の学校に通っている設定にしていたけど、前述の理由により春夏秋冬にしたのと、学校が別だと出番がつくりづらいことこの上なかったので、今の形に。

性格はいかにも大和撫子《やまとなでしこ》といった感じのキャラにしていたはずなのに、気がつけば頭の中がピンクなアホの子に仕上がってました。どうしてこうなった。

キャラの小話はこれくらいにして、ぼちぼち謝辞をば。

担当編集様、イラストを担当してくださったｋａｋａｏ様をはじめとした、本書に関わった全ての方たちに多大なる感謝とお礼を述べさせていただきます。

さすがにもう紙幅がやばいのでこの辺で。それでは股（誤字）。

亜逸

富士見ファンタジア文庫

放課後《ほうかご》はケンカ最強《さいきょう》の
ギャルに連《つ》れこまれる生活《せいかつ》
彼女《かのじょ》たちに好《す》かれて、僕《ぼく》も最強《さいきょう》に!?

令和5年5月20日　初版発行

著者――亜逸《あいつ》

発行者――山下直久

発　行――株式会社KADOKAWA
〒102-8177
東京都千代田区富士見2-13-3
0570-002-301（ナビダイヤル）

印刷所――株式会社暁印刷

製本所――本間製本株式会社

ISBN978-4-04-074882-5 C0193

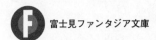

僕、兄貴のこと
すっごく好きだよ！
シリーズ
重版続々
大ヒット
発売中!!

切り拓け！キミだけの王道
ファンタジア大賞
原稿募集中！
賞金
《大賞》300万円
《金賞》50万円
《銀賞》30万円
選考委員
細音啓 「キミと僕の最後の戦場、あるいは世界が始まる聖戦」
橘公司 「デート・ア・ライブ」
羊太郎 「ロクでなし魔術講師と禁忌教典《アカシックレコード》」
ファンタジア文庫編集長
前期締切 8月末日
後期締切 2月末日
公式サイトはこちら！ https://www.fantasiataisho.com/
イラスト／つなこ、猫鍋蒼、三嶋くろね